カウントダウン

真梨幸子

宝島社文庫

宝島社

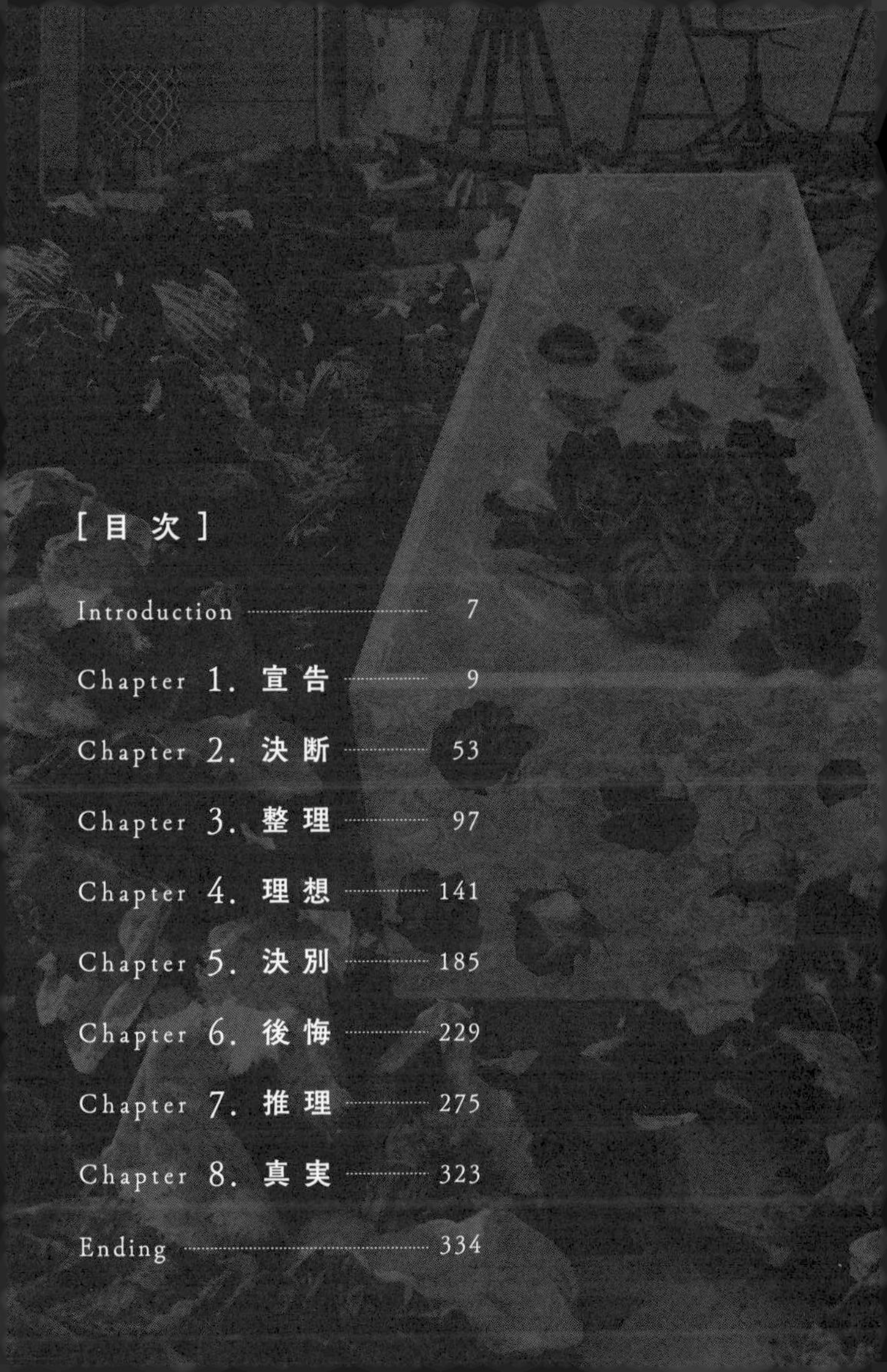

[目 次]

カウントダウン

Introduction

白い手が浮いている。

誰？

しかし、返事はない。

白い両の手が、ゆっくりと、しかし明確な意志をもって、こちらに向かっている。

だから、誰？

相変わらず返事はなく、そして、その手はとうとう、亜希子《あきこ》の首をとらえた。

苦しい。……熱い。呼吸ができない。やめて、やめて、……早く、その手を離して！　今すぐに！

離して！

Chapter 1. 宣告（2014年12月4日）

1

こんなところで言うことではありませんが、先日、私は「余命六ヵ月」を宣告されました。

つまり、半年後には私はここにはいないのです。

今日が二〇一四年の十二月四日ですから、二〇一五年の六月を迎えられるかどうかのところです。私の誕生日は七月ですから、五十一歳になる前にこの世からいなくなる可能性が高いということです。

でも、これは不幸中の幸いかもしれないと、今はちょっと前向きに考えられるようになりました。だって、この半年の間には、クリスマスもあればお正月もある。豆まきもバレンタインも、そしてお花見も。イベント的には盛りだくさんです。特に、もう一度桜を見ることができるんです。私にとってはなによりのご褒美《ほうび》です。

とはいえ、この心境に至るまでに、それはそれは大変な葛藤を要しました。


遡ること、三週間前。

私はあるトラブルを抱えており、心ここにあらず状態で、ぶらぶらと街を歩いておりました。

そう。ネイルが。ネイルサロンに行ったばかりだというのに、爪に汚れを見つけてしまったのです。……なにをどうやっても取れない。

そして、気がつけば、西新宿にある某損保会社のビルにつながる歩道橋の上にいました。十六時過ぎでしたでしょうか。風の強い日でした。平日でしたので、スーツ姿の会社員たちの姿も多く見られました。

「あれ？　いつのまに、こんなところに？」

と立ち止まったところが、まさに、下《くだ》り階段がはじまる地点。ひやりとしました。

このままぼんやりと歩いていたら、足を踏み外して階段から転落するところだったと。ころころと転がり落ちるイメージも浮かび、鼓動が妙に速くなったのをよく覚えています。足も心なしか震えてきて。だからといって、ここで立ち止まっているわけにもいきません。後ろから、急《せ》かすように多数の靴音も聞こえてきます。私は深呼吸すると心臓のどきどきを抑え、慎重に段を踏みしめました。

と、前から、五〜六人の会社員が団子状に固まって、歩道橋の階段を上がってきます。それを避けようとしたのか、それとも風に煽《あお》られたのか、それともその両方なのか、二、三段降りたところで私の体はふわりと浮きました。「あれ？ 私、飛んでる？」というなんともいえない開放感が一瞬わき上がり、その一方で「このままではいけない」という危機感が私の足を強《こわ》ばらせました。それがいけなかったのか、私の足は段をとらえることなく、そのまま踏み外してしまいました。

人間、危機的状況に陥ると、景色がスローモーションになるといいます。それは、本当でした。灰色の空、撓《たわ》む高層ビル群、そして会社員たちの歪《ゆが》んだ表情、それらがひとつひとつ確認できるほど、ゆっくりと、静かに、私の視界を流れていきます。

そして、着地。

頭から石畳の地面に叩《たた》き付けられる格好でしたが、痛みはまったくありませんでした。それどころか、こんな恥ずかしい姿をこれ以上晒《さら》したくないと、その場を逃げだそうとしたほどです。が、足に力が入りません。頭も上がりません。額から生温かいものがひたひたと流れ落ちてもきます。鉄の強烈なにおいもしてきて、そこでようやく「あ、これ、血だ」と認識する始末。

石畳に広がる血の海。まるでドラマのようでした。ドラマでは、そんなときは大概、人が死にます。「ああ、私、死ぬのね」と観念し、赤く染まった視界のすみに映る、色とりどりの靴を眺めていました。……それを、幾つもの靴の間に投げ出された眼鏡。一週間前に新調したばかりの眼鏡。……あれじゃ、もう使い物にならない。もったいないことをした。

……眼鏡なんて、どうでもいいじゃない。

……でも、八万円もしたのよ？

……ほんと、バカ。これから死ぬのに。他に、考えることないの？

……だから、あの眼鏡、八万円もしたのよ！　もったいない！

……いやだ、いやだ。ほんと、私って、最後まで「もったいない」おばさんね。笑える。

そんなことを思いながら、私の意識は徐々にフェードアウトしていきました。それは、寒い朝の寝起きと似ていました。起きなくちゃ……でもあと一分……ダメ、起きるの！　……あと二分……と睡魔と戦いながら、それでも抗《あらが》うことができずに、結局はぬくぬくふわふわの布団の中にゆっくりと落ちていくときの気持ちよさに似ていました。死ぬって、案外、気持ちいいかも。そんなことを思いながら。

もちろん、私はそのとき、死にませんでした。当たり前ですね、こうして、原稿を書いているのですから。

でも、ある種の臨死体験に近いものは経験したと思います。臨死体験というのは、人類共通の最後のプログラムだといわれています。専門家ではないので難しいことは分かりませんが、いわゆる脳内麻薬の分泌により、人は苦しむことも痛みを感じることもなく、それどころか恍惚《こうこつ》とした気分で命を閉じるように、あらかじめプログラムされているんだそうです。体から魂が抜ける感覚、すでに亡くなった知人や肉親との再会、天国や極楽のイメージ、そんな幸福感溢《あふ》れる神秘体験を伴う場合もあるそうです。もちろん、すべて脳が作り出した錯覚、または幻覚なのですが、それでも、こんな素敵なご褒美が死ぬ間際に用意されているなんて、まさに、人体の不思議です。そう。臨死体験をしながら、しかし生還した人々は、みな、思うそうです。

死ぬって、怖くないよね……と。

私も、また同じ思いでした。

私の場合は、魂が体から抜けていく感覚も天国のイメージもなかったのですが、でも、深い眠りに落ちるときの、なんともいえない心地よさは味わえました。このまま死ぬのならば、それはそれでいいとすら思いました。本当なら、かなりの痛みが体中を巡っていたはずなのに、痛みはいっさいなく、それどころか、ふわふわとした空気に包まれ、体は軽く、幸福感に満ち、本当に気持ちがよかったのです。たぶん、あれを、トリップ状態というのでしょう。

が、私の幸福感は、救急車のサイレンと警官らしき男性の呼びかけで、打ち砕かれました。まさに、なんで起こすの？　もっと寝かせてよ！　という気分でした。

果たして私は救急車に乗せられ、目白にある救急病院に運ばれました。

生まれて初めての救急車。いろいろと興味深い体験でしたが、ここでは割愛します。

さて、救急車から降ろされ病院に引き渡された私は、慌ただしくレントゲン室の寝台にのせられました。

「妊娠の可能性は？」と質問され、私は「ありません」と瞬《また》きだけで答えました。妊娠？　まさか。去年閉経したっていうのに。こんな更年期まっただ中のおばちゃんになっても、そんなこと質問されるんだ。……なにか、おかしくなってきました。

その頃には私の意識もかなり鮮明になっていて、「あ、下着、変なの着てなかったかしら？」とか「足のムダ毛処理、ちゃんとやってない。どうしよう、このままタイツを脱がされたら」などともじもじするまでに回復していました。そんな私のささやかな羞恥心を吹き飛ばすように、てきぱきとレントゲン撮影が行なわれ、ぱっくり割れた額の手術が行なわれ、擦り剝《む》いた両膝と左太股《ふともも》の手当てが進みます。

それは、実に見事な進行でした。三十分後にはすべてが終わり、私は待合室に追いやられていました。私にとっては「死」すら覚悟していた大事故だったのに、それらがまるで他愛のない小さな出来事だというように、どこから見てもぴんぴんしているおばあちゃんとおじいちゃんと一緒に、長椅子に座っているのです。

脱力感を覚えながらも、でも、「生きているんだな」という妙な感慨も湧いてきました。先ほどまでひとつも痛くなかった額の傷と、そして足の傷が、どくどくと痛みはじめてきたからです。と、同時に、眼鏡のことも思い出されました。あの眼鏡、あの事故現場に落としたままかしら？　あーあ、どうしよう？　これじゃ、ほとんど見えない。というか、八万円もしたのに！

裸眼視力〇・〇二の私にとって、眼鏡がない世界は、それこそ、霧《きり》の摩周湖《ましゆうこ》です。布《ふ》施《せ》明《あきら》のあの歌声が脳内にしんみりと流れます。と、気配を感じ、その方向を見ると、本当に布施明が歩いてきました！　やはり頭の打ち所が悪かったのではないか？　大丈夫か、私？　などと怯《おび》えていますと、それは、布施明似の医師でした。

布施明は、私の隣に座ると言いました。

「ちょっと、お話が」

それは、妙に深刻な口振りでした。

「な、なんでしょう？」いやな予感がして、心臓が、ばくばくいいだします。

「これを持って、専門病院に行ってください」

布施明は、馬鹿でかい茶封筒を私の膝に載せました。中身を見ると、画像？　レントゲン画像？

「脳の状態を見るために、撮ったんですが」

「やっぱり、頭ですか？　頭がおかしいんですか？　なにかあったんですか？」

「やっぱり……というと？　なにか、自覚症状でも？」

「……いいえ」

「ご安心ください。頭は大丈夫です」

「ああ……そうですか」一安心するも束の間、

「咽《のど》です」

意味が分かりません。脳のことを話しているのに、なんで、咽？

「ここです」

布施明は、レントゲン画像を指さしながら言いました。その指の先は、咽。頭部を撮るのがメインだったからか、その部分は途中で断ち切れています。

「いいですか、ここです」

布施明が、その部分に指で円を描きます。が、布施明の指のささくれが目に入るばかりで、いったいなにが問題なのかさっぱり分かりません。

「ここに、腫瘍らしきものがあります」

腫瘍？　一瞬、私の脳は失語症のような状態に陥りました。短時間であまりにいろんなことが起きたので、普段のんびりと暮らしている私の脳が処理しきれなかったのです。

「へー、腫瘍ですか」

だから、そのときは間の抜けた返答しかできませんでした。脳が、ようやく反応したのは数秒後でした。

腫瘍、腫瘍、……え？　腫瘍？

腫瘍っていえば……癌《がん》？

「それを調べるためにも、早急《さっきゅう》に専門病院に行ってください。かなり大きい腫瘍ですから」

布施明のささくれた指を見ながら、私の頭の中は、「腫瘍」と「癌」が渦巻くばかり。まさに、パニック状態。

だから、それからどうやって帰宅したのかは今となってはよく覚えていません。たぶん、タクシーを使ったんだと思うんですが、私の腫《は》れ上がった顔を見てタクシー運転手も驚いたことでしょう。なにしろ、そのとき私は白いハーフコートを着ていて、でもそれは血みどろで、しかも私の目的地が青山霊園《あおやまれいえん》の近くでしたから。「幽霊か？」と思ったに違いありません。

私も、部屋の鏡で自分の顔を見て、「ぎょっ」と、跳び上がったほどですから。まさに、お岩《いわ》さん状態。顔の右側が特殊メイクしたお化けのような有り様です。額から右の眉毛にかけて四針縫ったといいますから、改めて、結構な事故だったわけです。

それまでなんとなく夢の中にいるような、あるいは他人事《ひとごと》のような感覚だったのが、とたんに、重い現実味を帯びてきました。

顔に傷は残らないのか、いや、なにより、腫瘍って？　医者が言うには、甲状腺に腫瘍があるとのこと。

私は仕事部屋に駆け込むと、すがりつくようにパソコンの前に座りました。「甲状腺」「腫瘍」のキーワードで検索しようとしたのですが、その前に、もうひとつの現実が私に叩き付けられました。メールです。

「携帯がつながらないので、こちらにメールいたしました。本日の締め切り、よろしくお願いします」

それは短いけれど、「何時間も待たせやがって」という深い恨みを感じる文面でした。メールを送信した時間を見ると、十三時六分。

ああ！

そうなのです。この日、私はエッセイ原稿の締め切りを抱えていて、約束では正午までにメールで送ることになっていました。が、時計を見るともう二十一時になろうとしています。

携帯電話《スマートフォン》を鞄《かばん》から引きずり出すも、充電切れ。慌てて固定電話の子機を掴《つか》むと、メールの差出人に電話を入れました。

その呼び出し音を聞きながら、

「ごめんなさい！　でも、私、今日は大変な目に遭ったの。歩道橋から転落してね。救急車で運ばれて、四針も縫って。さらに、甲状腺に腫瘍があるって！　癌かもしれないって！」

そう言い訳しようと頭の中でシミュレーションしてみましたが、やはり、言い訳は、言い訳。プロとして失格です。原稿を書いてお金をいただいているからには、点滴を打っていても、銃口を向けられていても、締め切りは守らなくてはいけません。

「ごめんなさい。今すぐ送るわ。あと、一時間だけ、待って」

結局、私はそれだけ言うと、電話を切りました。そして、どくどくと痛む額の傷と足を摩《さす》りながら、超特急で、原稿用紙換算五枚のエッセイを仕上げたのでした。

そうなのです。これは、私の悪い癖。すべて、自分で抱え込んでしまう。人に迷惑をかけたくないからとか、自分の責任でやり遂げたいからとか、色々と奇麗ごとを言って今まで誤魔化してきましたが、結局、弱い自分を見せたくないだけなのです。ええかっこしいなのです。

だから、このときも、結局は誰にも相談せずに、一人、甲状腺の専門病院に行きました。

渋谷区にある病院です。病院に迷惑がかかるといけませんので、ここでは名前は伏せますが、とても立派な病院で、最新の検査設備と優秀な専門医を揃《そろ》えた、たぶん、甲状腺では日本で一、二を争う病院です。

検査は、二度、行ないました。一度目は超音波検査。二度目は超音波下穿刺《せんし》吸引細胞診。

そして、歩道橋の事故から十八日後、十二月一日。いよいよ、検査結果が出る日がきました。

担当の医師は、若い女性でした。奇麗な方で、肌もぴちぴちしていました。私は、自身の荒れた手を咄嗟《とっさ》に隠しました。なにか、ばつの悪い空気が漂います。

そんな中、担当医師が、裁判官よろしく難しい言葉で色々と口上を述べます。そのほとんどは理解できないものでしたが、結果から言いますと、悪性でした。……そう、〝癌〟です。

私はすでに、甲状腺癌について、ある程度ネットで調べていました。

甲状腺癌のほとんどは性質がおとなしく、進行も遅く、根治も期待できると。だから、癌を告知されても、まだ私は楽観的でした。これから色々と大変だろうけれど、根気づよく治療していこうと、そんなことを考えていました。幸い、癌保険にも入っているし、蓄えも充分ある。だから金銭的な心配はないだろう。問題は仕事。五年先までびっしりと入っている仕事を、どうセーブしていくか。……そんな心配をしている私に、医師は天使のような声で囁《ささや》きました。

「未分化癌です」

未分化癌。もちろん、それについても調べていました。甲状腺癌の中でも一％程度の、稀《まれ》な癌。が、進行が速く、治療も難しく、発見されてから一年以内で死亡する確率が非常に高い、悪性度の高い癌。

……なんで？

私、くじ運もギャンブル運もないのに、なんで、一％なんていう確率の癌に当たってしまうわけ？　それに、未分化癌は高齢者に多くて、若い人には見られないのよね？　そうよ、確か、五十歳以上の高齢者に多いって……。あ、私、今年で五十歳になったんだっけ。……立派な高齢者。やだ、嘘《うそ》、信じられない、確かに閉経したけれど、でも、高齢者なんて、そんなの、とても信じられない！

私は、癌の告知そのものよりも、自分が〝高齢者〟の分類に入ってしまっていることにショックを受けていました。

担当医師が、相変わらずの天使のような優しい声で、あれこれと説明します。

要約すると、こんな感じです。

「未分化癌は、発見された時点でかなり進行しています。発見されて一年以上生存するケースは稀です。あなたの場合は、残念ですが、もしこのままなにもしなかったら、一年ももたないかもしれません。……はっきり申しますと、半年です」

つまり、余命半年。

それでも、癌と闘えば希望もないことはないと、医師は続けました。治療がうまくいけば、一年は生き延びる可能性はあると。ただその治療は非常に難しく、仮に成功しても、治療の副作用によってかえって寿命が縮められる場合もあると。

つまり、どの道、死ぬんだと。

いいえ、もちろん、そんなにはっきりは言いませんでしたが、簡単にいえば、そういうことです。癌を放置して半年後に死ぬのか、それとも治療をして一年後に死ぬのか。

「癌と闘いますか？　闘いませんか？」

まるで一昔前のバラエティ番組のような二者択一が、私の目の前に突きつけられました。

闘っても、闘わなくても、いずれにしても癌が根治することはないと、その医師はおっしゃいます。正直な人だと思いました。ドラマや小説などに出てくるようなヒロイックな医師ならば、「一緒に頑張って、癌と闘おう。そして、癌を克服しよう」などと、両肩をがしがし揺さぶるところだろうに。

が、その医師は、言いました。

「癌と闘えば、辛い日々がはじまります。手術、放射線治療、そして抗癌剤。たぶん、普通に出歩くことも、生活することも、もちろん仕事もできなくなるでしょう」

お医者さんの立場上、「闘わない方法もありますよ」とは言えなかったのでしょう。遠回しに、癌治療の過酷さを説明されるだけでした。

「さあ、どうしますか？　闘いますか、闘いませんか？」

2

海老名《えびな》亜希子は、キーボードから指を浮かせた。

葛藤に任せて、こんな文章を書いてみたが。しかし、このエッセイが載るのは、二十代女性が対象のファッション誌だ。そんなところに、霧の摩周湖だの閉経だの余命だの生きるの死ぬの……なんて内容のエッセイを載せるわけにはいかない。というか、編集部にボツにされるだろう。なにしろ、亜希子が任されているのは「整理整頓術」に関するエッセイなのだから。

「お掃除コンシェルジュ」。これが、今の亜希子に与えられた肩書きで、整理整頓が苦手な人に適切なアドバイスを与えるのが、今の彼女の仕事だ。

亜希子は、ふと、ため息を漏らした。そして、自身の部屋を見回した。

ゴミ屋敷の一歩手前。人に整理整頓をアドバイスするよりも、この部屋をなんとかしなくては。

「だって、私、死ぬんだから」

そんな二者択一を突きつけられてから、三日が経つ。その答えは、まだ出していない。

「癌と闘いますか？　闘いませんか？」

……さてさて。どうしたものか。

亜希子は、ノートパソコンのキーボードから指を浮かせると、目の前に広がるゴミの山をつくづくと眺めた。今座っているリビングテーブルの周りだけはなんとか隙間があるが、それ以外は、足の踏み場もない。

こんなところを誰かに見られたら、ただちに今の職を失うだろう。「整理整頓」のプロ、「お掃除コンシェルジュ」が、こんな部屋に住んでいるなんて。

が、厳密には、この部屋は亜希子の現在の住まいではない。登記上では亜希子の所有物にはなっているが、この部屋を出てもう五年が経つ。

そう、離婚が成立してもう五年が経つのだ。

元夫……洋輔《ようすけ》はこの部屋を出て行くときに、名義を亜希子に移していった。慰謝料代わりだという。が、そんなものはいらないとばかりに亜希子もこの部屋を出た。それ以来、ここには主がいない。ときどき換気をしに戻ってはいるが、基本、空き部屋だ。今年こそ部屋を処分しよう。新年を迎えるたびにそう抱負に掲げてはいるが、それは実行されることなく今年も暮れようとしている。……が、もう悠長なことは言っていられない。来年こそは、いや、今すぐにでも、処分の手続きを進めなくては。

固い決意の下、当分はこちらに寝泊まりする心づもりで仕事道具のノートパソコンを携えてこの部屋に戻ってきたのだが、しかし、この有様を見るにつけ、気持ちが萎える。

よくもまあ、ここまでのゴミ部屋にしたものだ。

この三鷹の部屋を買ったのは十六年前。亜希子が三十四歳、あの人が三十一歳、結婚した年だ。八階建ての五階角部屋、六十五平米の3ＬＤＫ。四千万円した。新宿から中央線快速で約二十分、武蔵境《むさしさかい》駅からさらにバスで十二分の少々不便な立地だったが、武蔵野の面影を残す環境に夫婦ともに惚《ほ》れて購入を決めた。が、翌年、すぐ隣に九階建てのマンションが建った。そのせいで日照の六割がたが奪われ、その翌年にも真ん前に十階建てのマンションが建ち、とうとう日照のほとんどが奪われた。

「ほら、だから、最上階を買っておけばよかったのよ。下手にケチるから」

当時の亜希子の口癖だ。五階の部屋を希望した夫への当てつけだ。夫も負けてなかった。

「なに言ってんだよ。最上階の部屋なんか、買えるか。七千万円もしたんだぞ」

「違いますぅ」そのたびに、亜希子も生意気な子供のように反論したものだ。「ここよりちょっと狭いけど、四千五百万円の部屋もあったんですぅ。すぐに売れちゃったけど」そして、今度は説教好きな教師の表情でこう続けた。「……あなたがもっと早く決断すればよかったのよ。どうしよう、どうしようって、もたもたしているから。ほんと、あなたはいつもそう。ぐじぐじ悩んで、結局、いいものを全部逃しちゃうのよ」

そのときの夫の表情をよく覚えている。理不尽ないじめに耐える、小学生のような表情だ。何か言い返したいのに言葉が出ない。視線はぎらぎらと挑戦的なのに、その唇だけは間の抜けた鯉《こい》のようにぱっくりと開いている。人間とは不思議なもので、いじめなんて野蛮なことはよくない……などと日頃は思っていても、抵抗できない人間を目の当たりにすると、もっともっと痛めつけたくなる。

「あなたって、ほんと、ダメよね。自分では慎重派だとでも思っているのかもしれないけれど、ただの優柔不断なのよ。白黒がはっきりつけられないのよ。愚図《ぐず》なのよ」

夫に向かって、「愚図」という言葉を使ったのはこのときが初めてだった。心の中では思っていても、それを口にしたことはなかった。口にしたら最後、取り返しのつかない事態になりそうな予感があったからだ。案の定、「愚図」と言われた夫の咽の奥から、天敵に遭遇した猫のような低い唸《うな》り声が響いてきた。と、同時に、拳が上がった。……殴られる。考えるより早く亜希子は両腕で頭を抱え込んだが、夫の拳は飛んでこなかった。その代わりに、鈍い破裂音がした。見ると、夫の右拳が壁にめり込んでいる。勢いづいた夫は、二度、三度、壁を殴り続けた。所詮は薄い石膏《せっこう》ボードだ。四度目の拳が叩き付けられたとき、ぽっかりと穴が開いた。

思えば、あの瞬間が、離婚への第一歩だったのだろう。結婚から六年目、十年前のことだ。

亜希子は、リビングテーブルの椅子に座ったままで、視線だけで壁の穴を探した。リビングから続く和室への入り口、その横の壁。しかし、そこには古新聞とゴミ袋が山と積まれている。とてもじゃないけれど、触れない。だって、あそこには。……前に一度、ゴミ袋を片付けようと試みたことがある。ゴミ袋を二つほど持ち上げたところで、それは現れた。四方に亀裂を作りながら、拳大に開いた穴。……ひぃ！　亜希子は、一歩、後じさった。蜘蛛《くも》の巣が張られている。虫の通り道にでもなっているのか、ありとあらゆる種類の羽虫がからめ取られている。……かさかさっ。……なに？　なにか、黒いものが横切った？　……ひぃ！　ゴキブリ!!　亜希子は、一度どかしたゴミ袋を、その穴めがけて投げつけた。

そうだ。この部屋がゴミに埋もれる原因が、まさにこれだった。何年前のことだったか？　穴から小さなゴキブリがにょきっと飛び出してきて、驚きの反動で、手にしていたゴミ袋を穴に向かって投げつけたのだ。ちょうど、生ゴミを捨てに行こうとしていた。が、それどころじゃなくなった。正月前だったと思う。その日を逃したら、あと一週間はゴミ収集車は来ない。しかし、そのゴミ袋をどかしたらゴキブリが大量に飛び出してくるような気がして、亜希子はゴミ袋をそのまま放置した。そうなると、止まらない。ゴキブリを封じるために、次々とその場所にゴミ袋を積み重ねていった。その有様に、夫は視線だけで抗議した。亜希子は、「そもそも、あなたが穴を開けたからいけないんでしょう？」と、無言の抗議を返した。

あのとき、もっと違った処置をしていれば。ううん、もっといえば、穴をちゃんと修復していれば、こんなことにはならなかっただろうに。なんで、放置してしまったのだろう。しかし、そんな後悔も後の祭り。ゴミ袋は日毎に増えていった。正月が過ぎ、ゴミ収集車が来る時期になっても、それは減ることはなかった。

そうだ、確か、二〇〇七年のことだ。猪《いのしし》の絵が描かれた年賀状の束を、このゴミ袋の山に放り込んだことを覚えている。夫宛に送られてきた年賀状だ。その年の元日、郵便受けからいそいそと年賀状を持ってきて、「あ、これも俺のだ、あ、これも」と、自分宛の年賀状だけを抽出している夫の顔がなにか憎たらしくて、夫がトイレに行っている間に、彼が抜き出した年賀状の束をゴミの山にぶちこんだのだ。

大手広告会社に勤める夫は、自宅にも多くの年賀状が届いていた。二百枚は超えていたと思う。一方、当時しがないフリーライターだった亜希子には、多くても二十枚そこそこ。その差を見せつけるような夫の年賀状仕分けに毎年もやもやと暗い思いを抱いていたのだが、あの年に爆発したのだった。リビングに戻ってきた夫は、自分宛の年賀状がなくなっていることにすぐに気がついた。あのときの、彼の非難めいた冷たい眼差し。

たぶん、あれが、決定打だった。夫婦の間にはもうどうにも修復のきかない亀裂が入り、その亀裂から「離婚」という文字が日に日に湧き出してきた。それでも、実際に離婚が成立したのはそれから二年後だから、なんだかんだともったほうだと思う。

……まさに、修羅の日々だったが。

今でも亜希子は時々考える。あの年に戻ることができたなら、私はどうするだろうか？　と。夫宛の年賀状には手を着けず、そして、ゴミの山を片付けることを優先していたならば。そしたら、今頃、私の人生はどうなっていただろう？

今の人生には文句はない。むしろ、自分にしては過分な人生だ。あの人が壁に穴を開けた頃にスタートさせたブログが評判となり、それが今の仕事につながった。そのブログは自身の家庭不和を赤裸々に綴ったもので、ひょんなことから編集者の目にとまり、本にまとめることができた。どんな幸運に恵まれたのか本はミリオンに迫る大ヒット。それを機に都心に事務所を借りたのだが、そのときの引っ越し体験を綴った『男も部屋も整理整頓でハッピー人生』というタイトルの本が百五十万部のウルトラヒット。それをきっかけに「整理整頓の魔術師」、果ては「お掃除コンシェルジュ」と呼ばれるようになり、本だけでなく、雑誌のエッセイにテレビ出演、そして講演と引く手あまたの身となった。

そして気がつけば、年収七千万円超。南青山に百平米超えの住居、そして六本木に八十平米の事務所を借りるまでの成功者となった。まさに、離婚をきっかけに幸運を呼び寄せた形だ。

「離婚したとたん、これだもん。元だんは、疫病神だったんじゃない?」

などと言う知人もいる。

自分でも思う。

思えば、あの人といて、得をしたことなどひとつもなかった。そもそもの出会いからして不吉だった。あの人が勤める広告会社のクリエイティブ部門に呼ばれ、西新宿にある本社ビルに行ったときだ。そんな間違いなどしたことがないのに、訪れるべき部屋を間違えた。それに気づき慌てて踵《きびす》を返したときに、部屋に入ってこようとしていた彼にぶつかった。その拍子に前歯が欠けた。虫歯を放置していた部分が崩壊した形だが、それにしても、こんなアクシデントがあるだろうか。みそっ歯の私を見て、彼は笑いを押し殺そうとした。いや、あからさまに笑った。あまりの恥ずかしさと悔しさに、その顔を脳の隅々にまで記憶したほどだ。口元を隠しながらどうにか打ち合わせを終え、その足で近くの歯医者に駆け込んだのだが、これがまた藪医者《やぶいしゃ》で、治療費数万円を取られた挙げ句に、とんでもなくセンスの悪い仮歯を入れられた。まるで、ロバの歯だった。こんな歯のままで外に出たくない。人に会いたくない。なのに、仕事の打ち合わせは容赦なく続き、あろうことか、あの人が仕切るプロジェクトにも参加することになった。その顔に再会したとき、体中から火が噴く思いだった。もちろん、その九十パーセントが恥ずかしさによるものだったが、残りの十パーセントは、説明のできないもやもやだった。そのもやもやは、彼と会うたびに数値を増やしていった。五十パーセントになろうというときに、ようやく亜希子はそのもやもやの正体に気づく。

「あ、私、恋している」

そう意識しだしたとたん、無性にロバの歯のような仮歯が恥ずかしくなり、芸能人も通うという有名な歯医者に駆け込み、医師の勧めに従い抜けた箇所以外の健康な前歯も抜き、インプラントを試みた。このときかかったお金が、百数十万円。貯金をすべて吐き出した。

つまり、彼とつきあうまでに、亜希子は健康な歯と全財産をなくしたことになる。あの時点で気がつけばよかったのだ。この男は、疫病神なのだと。

それでも、恋というイリュージョンには逆らえなかった。すべてが錯覚でまやかしであると心のどこかでは分かっていながら、胸がときめくままに、あの人を求めた。

彼は当時、つきあいはじめたばかりの彼女がいたが、そんな障害ですら素敵な演出に思えたほどだ。が、あの時点で、気がつけばよかったのだ。特定の彼女がいながら他の女にもよろめくような男は、これから先も同じようなことを繰り返すということを。

そう。離婚の本当の理由は、壁の穴ではない。むろん、それがきっかけとはなったが、壁の穴は、ただの伏線に過ぎない。年賀状も同じだ。あのとき、亜希子が年賀状を捨てていなくても、すでに離婚への秒読みははじまっていたのだ。

そう。あの人には、愛人がいた。それも、亜希子にとって、これ以上ないというほどのあり得ない愛人が。

亜希子がそれに気づいたのは、結婚七年目のことだ。……三月だったろうか。彼の上着のポケットに、ピアスを見つけた。古い手口だ。愛人が、自身の存在を妻に見せつけようと、あえて彼の上着に入れたのだろう。バカな女だ。こういうことをするからには、二人の関係はうまくいっていないということだ。まるで、「私はここだよ！

早く見つけて！」と泣き叫ぶ迷子のようだ。ここで妻の自分が下手に騒いだら相手の思うつぼだ。ここは、じっと我慢。見なかったことにしよう。……しかし、そう単純に割り切ることができなかった。なぜなら、そのピアスは、初めて見るものではなかったからだ。

「美奈子《みなこ》」

亜希子は、妹の名を呟《つぶや》いた。血のつながった、十歳年下の妹の名だ。

夫の浮気相手が、自分の妹。まるでソープオペラのような展開ではないか。ドラマならここで皿のひとつやふたつ飛びそうなところだが、ぐっとこらえ、亜希子は見て見ぬ振りを通した。

冷静に冷静に。ここで衝動に任せてなにか事を起こしたところで、自分が醜態を晒すだけだ。冷静に冷静に。ここは、より正確な情報を拾い集めるのが賢明だろう。亜希子は、翌日、横浜の実家に戻った。

冷静に冷静に。……そう、念じるも、妹のとぼけた顔を見たが最後、ぷつりとなにかが切れた。亜希子は、叫んでいた。

「美奈子！　どういうこと？」

しかし、妹はなにひとつ動じなかった。亜希子は、さらに捩《ね》じ寄った。

「言わなくても分かる。あんたの考えていることなんて、よーく分かっているわよ。

私を困らせたいだけなんでしょう？　復讐《ふくしゅう》でもしているつもりなんでしょう？　あなた、あのことをまだ根に持っているのね。だからって、こんないやがらせ。あまりにも下品で野蛮で、ゲスいわよ。なんて子なの。お里が知れるわ、親の顔が見てみたいわよ！」

そう叫んだとき、母親が、ばつが悪そうに目をしょぼつかせた。言うまでもなく、亜希子も美奈子も、この母親から生まれた。

「ね、ちゃんと、話し合いましょう。なにかの間違いでしょう？　そうでしょう？」

母親の仲裁に、美奈子は勝ち誇ったような顔で言った。

「間違いじゃないわよ。私、彼の子を妊娠したのよ！　それに――」

言い終わらないうちに母は卒倒し、亜希子は妹の頰を平手打ちしていた。しかし、妹は歯向かってくることはなく、むしろ憐れむような表情で、静かに言った。

「洋輔さん、お姉ちゃんのそういう気の短いところがいやなんだって。……直したら？」

「黙りなさい！」

亜希子の手が再び上がろうとしたとき、今度は母の平手が亜希子の頰に飛んできた。

「やめなさい！　赤ちゃんになにかあったら、どうするの？」

は？　……なんで？　どうして、私が責められるの？　悪いのは、どう考えても美奈子のほうじゃない。……妊娠って、そんなにすごいことなの？　こんなめちゃくちゃなルール違反でも許されるほどに。

しかし、妊娠は妹の狂言だった。いや、正確には想像妊娠というやつだ。本人には非はない。とはいえ、許せるものではなかった。あれ以来、実家には戻っていない。妹とは完全に縁を切った。

一方、彼と美奈子の関係はずるずると続き、亜希子との離婚が正式に成立した年に、彼は美奈子と再婚した。今は、妻の実家……つまり亜希子の実家で、マスオさん状態で暮らしている。

――要するに、私のほうが、実家とあの男に縁を切られたってことなのね。

そう気づいたとき、亜希子は決意した。「一人で生きていこう」と。そして、実際、この五年間、一人で生きてきた。

が、未練も恨みもまったくないといったら嘘になる。その証拠に、今も、いつのまにかこのブログを開いてしまっている。

妹、美奈子のブログだ。

自分でも、いやになる。亜希子は、ノートパソコンのディスプレイを苦々しく眺めた。

妹がこのブログを立ち上げたのは、三年半前だ。今度こそ本当に妊娠し、その出産までを記録する目的で立ち上げたようだ。男の子を出産した今は、育児ブログになっている。

いやな時代になったものだ。ネットのない時代ならば、こうやって、縁を切った人の日常なんてそう簡単に知る術《すべ》もなかった。だから、その人がどんなに幸せだろうと不幸だろうと、知ったこっちゃない。未練もきれいに断ち切れたはずなのに。今は、そうもいかない。こうやってカチカチッと数度のクリックだけで、忘れたいはずの妹のすべてを覗《のぞ》き込むことができるのだから。

妹だけじゃない。このブログには、父親になったあの人と、そしておばあちゃんになった母の日常も垣間見ることができる。妹が頻繁に画像をアップし、そして話題にするからだ。そして今日も、一枚の画像がアップされていた。

まさに、円満な家族の肖像だ。あの人も、そして初孫と遊ぶ母も、ひどく幸せそうだ。

「私という邪魔者がいなくなって、ほんと、あなたたち、よかったわよね」

亜希子は毒づいた。我ながら、なんと子供じみた醜い僻《ひが》みだろう。情けなさ過ぎて、涙が出る。それでも、止まらなかった。

「ね、いい話があるの。喜んで。あなたたちの邪魔者は、今度こそ、本当にいなくなるのよ。……私、癌なの。死ぬのよ」

涙が、止まらない。

こんな人生の終焉《しゅうえん》ってあるかしら？

裏切られて、邪魔者扱いされて、そして一人死んでいくなんて。

そんな惨《むご》い死が与えられるほど、私、悪いことした？

悪いのは、どちらかというと美奈子のほうじゃないの？　私を捨てた洋輔のほうじゃないの？

なのに、なんで、あの人たちは、こんなに幸せそうなの？

「癌と闘いますか？　闘いませんか？」

闘っても、闘わなくても、どのみち死ぬんでしょう？　私、来年の今頃は、ここにはいないんでしょう？

なのにこの人たちは、来年も再来年も、のうのうと生きていくのよ。私が死んだあとも、のうのうと！　幸せに満ちて！

鈍い音がした。見ると、ノートパソコンがフローリングに叩き付けられている。

……また、やってしまった。このところ、こんな衝動的なことばかりだ。

ノートパソコンを拾い上げると、ディスプレイには見事ひびが入っていた。……もう、使い物にはならないだろう。

……どうしよう。今日中に仕上げなければならない原稿があるのに。

……あれ？　なに、これ。

亜希子は、床に、宅配便の伝票の控えを見つけた。どうやら自分が書いたものらしい。……スーツケース？　なんだったっけ？

……えっと。……なんだっけ？　…………。

そんなことより、パソコン！　原稿！

どうしよう！

3

「いかがですか？」

言われて、亜希子はゆっくりと焦点を合わせた。

そこには、馴染《なじ》みの丸顔があった。黒いパンツスーツにセシルカット。「結婚も子供もすべてあきらめて、女ひとり、仕事一筋でまいります」と言わんばかりの気概が全身からにじみ出ている。

薬王寺《やくおうじ》涼子《りょうこ》。老舗《しにせ》百貨店梅屋《うめや》のベテラン外商だ。同世代ということもあり、公私ともに世話になっている。今日は、新しい眼鏡がようやくできあがったと、届けに来てくれたところだった。

「うん。度は大丈夫。遠くがよく見える」

が、近くのものはよく見えない。いわゆる老眼だが、遠近両用眼鏡だけはどうしても抵抗があると、近視用の眼鏡を今回も注文した。

「フレームはいかがですか？」手鏡を差し出しながら、薬王寺涼子。

「うん、フレームも大丈夫、素敵」

と応えてみたものの、鏡が近過ぎて、自分の姿がよく見えない。でも、まあ、薬王寺涼子のセレクトに間違いはないだろう。と、亜希子はせっかくの新しい眼鏡を、もう用なしとばかりにカチューシャのごとく頭にさした。

「そちらのお品は鯖江《さばえ》の中でもトップクラスの職人による特注品でございます。末永くお使いいただけるかと」

「歩道橋から落ちなければね」

亜希子はなにげなく言ったが、薬王寺涼子は、自分のことのように苦渋の表情をしてみせた。

「あのときは本当に大変でございましたね」

薬王寺涼子との付き合いは、かれこれ三年ほどか。次から次へと入ってくる仕事に追われて、服一枚も買う暇がなかったとき。突然テレビ出演の依頼があった。なにを着よう？　とあれこれ悩んでいるうちにも時は過ぎ、いよいよ収録を翌日に控えた夜、轟書房《とどろきしょぼう》の担当……牛島《うしじま》君から彼女を紹介された。

正直、そのときまで外商という職業がどのようなものなのか、具体的には知らなかった。もちろん「外商」という名称は知っていたが、自分には一生縁のないジャンルの職業だと勝手に決めつけていた。

「外商というのは、いわゆるコンシェルジュですよ。自分に代わって、必要なものを的確にセレクトして、そして適切なタイミングで用意してくれるんです」

牛島君は言った。

「うちでは、ひぃおじいちゃんの代からずっと、梅屋百貨店の外商にお世話になっているんです。冠婚葬祭はもちろん日用品もすべて外商さんに任せています。トイレットペーパーも、外商さんが持ってきてくれます」

そんなことを当たり前のことのように言う彼は、どうやら正真正銘のお坊ちゃまのようだ。なにしろ、実家は松濤《しょうとう》にあるという。松濤といったら、いうまでもなく高級住宅地だ。

「僕が一人暮らしをはじめたときも、梅屋百貨店の外商さんにすべてやってもらいました。部屋決めから契約、そして引っ越しの手配まで。もちろん家具や家電一式、揃えてもらいました。つまり、あれですね。コンシェルジュとセクレタリーと、そして執事を兼ねたような存在なんですよ、外商さんは。ですから、先生もぜひ」

いやいや、執事だなんて。そんな存在、さすがに庶民の自分には無縁だ。それに、そんな贅沢《ぜいたく》、無駄遣いもいいところだ。

「なに言っているんですか。先生も、立派な高額所得者じゃないですか。いったい、僕の何倍、収入があるっていうんですか。いいですか？　ご自分では気がついてないかもしれませんが、先生は、今や、ちょっとした中小企業の社長のようなものなんです。一人ではまかなえないレベルにきているんです。なんでもかんでも一人でやろうっていうほうが、そもそも無理があるんです。そんなことをやっていたら、間違いなくどこかに皺《しわ》寄せが行くし、その皺寄せが、ゆくゆくは破綻につながるんです。健康も害してしまわれます」

牛島君は、こうも言った。

「この業界で一番重要なのはなにかお分かりですか？　それは、健康です。安定してクオリティの高いコンテンツを供給し続けることができる、体力です。これがなければ、どんなに実力があっても技術があっても才能があっても、あっというまに消費されて、それでおしまいです。体を壊して長期休暇に入った方で、第一線に復帰される方は少数です。ほとんどいないと言ってもいいでしょう。言い方は悪いですが、マグロのようなものです。二十四時間泳ぎ続けるしかない。休んだそのときは、〝死〟を意味します。だから先生も、これからずっと第一線で活躍するおつもりならば、仕事以外の身の回りのことは人に任せるべきです。その道のプロに委託するほうが、結局失敗がないし、無駄なお金もつかわないんです」

そう彼に押し切られて、薬王寺涼子を紹介されたのだが。

今となれば、まったく彼の言うとおりであった。薬王寺涼子のアドバイス、セレクト、タイミングはどれも見事なぐらい的確かつ適切で、今となっては、彼女がいない暮らしなど想像できない。

が、牛島君の言葉には多少の誤算もあった。

薬王寺涼子のような優秀な助っ人がいたとしても、健康を害することはある。大病におかされることもあるのだ。

「どうか、されましたか？　どこか、具合でも？」

さすがは、トップ外商。顧客の異常は、決して見逃さない。

「うん、今日、ちょっと出かけていてね。……そのときに、ノートパソコンを壊してしまって」

「ノートパソコンを？」

「うん。書きかけの原稿があったんだけど、ダメにしちゃった」

「それは、それは……」薬王寺涼子は、またもや自分のことのように青ざめると小さなため息を漏らした。「わたくしに、なにかできることはございますか？　……デー夕復旧の業者に依頼いたしましょうか?」

「ううん。大丈夫。ノートパソコンはサブで使っていたやつで、メインのパソコンはピンピンしているから。……それに、締め切りは今夜だから、どのみちもう間に合わないし」

そして亜希子は、ゆっくりとした動作で、薬王寺涼子が持ってきたミネラルウォーターをグラスにそそいだ。

「それに、あの原稿はボツにするつもりだったから」

「なら、新しくお原稿を? 締め切りは大丈夫ですか? わたくし、もう失礼いたしましょうか?」

「ううん、それも大丈夫。こういうときのために、エッセイ原稿はいくつかストックしてあるの。その中から適当なものを今回は提出するわ。だから、薬王寺さんも、もう少し、いて」

亜希子は、現在の住まいである南青山のマンションに戻っていた。

赤坂も六本木も表参道も徒歩圏内にあるこの場所は、まさに都心の一等地。しかも、三十二階建てのブランドマンション、いわゆる億ションで、窓からの眺望も素晴らしい。が、家賃六十万円を払い続けているのがどうしてもバカバカしい。それだったら、いっそのことマンションを購入しようかしら？　などと、薬王寺涼子にぽろりと漏らしたのが、一ヵ月ほど前。そう、歩道橋から転落するちょっと前のことだ。

検査などのごたごたで、マンション購入のことなどすっかり忘れていたが、薬王寺涼子はしっかり覚えていたようだった。今日は、眼鏡以外にも不動産のパンフレットを大量に抱え、この部屋にやってきた。

「なにか、ご入り用はございますか？　お薬とか、お医者様とか」

薬王寺涼子が、亜希子の負担にならないような距離から、亜希子の顔を覗き込んだ。

「ううん、大丈夫」

言ってみたが、亜希子の気持ちは碇《いかり》をつけられた死体のように、底へ底へと沈む一方だった。

その理由はどっちだろうと、亜希子はふと思った。

余命宣告されたこと？

それとも、妹のブログの内容？

もちろん、前者よね。命のカウントダウンがはじまったというのに、妹の戯《ざ》れ言《ごと》なんかで気持ちが塞ぐわけもない。命が閉じられるという人生最大の不幸以外に、どんな不幸があるというのか。

……いや、あるのだ。

死を突きつけられる絶望よりも、本能の一番敏感な部分を刺激する絶望というやつが。

「売ろうと思っているの」

亜希子は、そのどす黒い絶望を振り払うように、無理やり笑みを作りながら言ってみた。「三鷹の部屋、売ろうと思うの」

「三鷹の部屋？」

薬王寺涼子が、笑顔はそのままに、眉間に少しだけ皺を寄せた。

……ああ、そうだったわね、薬王寺さんには、三鷹の部屋のことは言ってなかったんだ。だって言う必要もないし、……というか、あの部屋は、今となっては隠しておきたい人生の恥部だ。もっといえばあのまま忽然《こつぜん》と消失してくれればいいとすら思っている。だって、あんな部屋を見られたら、私はおしまいだ。

「ううん、そうじゃなくて」

亜希子は、取ってつけたように頭を振った。

……そうだ。あの三鷹の部屋だけは、人には任せられない。あの部屋は、私一人でどうにかしなくてはいけないんだ。

「ううん、私のことじゃなくて。知り合いがね、三鷹にあるマンションを売却したいって言っていて。で、どのぐらいで売れるのかな……って相談されたから」

「ああ、そうでしたか」

薬王寺涼子の眉間が元に戻る。が、うっすらと皺は残っている。

「かしこまりました。三鷹の相場、調べておきますね。よかったら、具体的な住所を……」

「だから、そうじゃなくて！」

その怒声に、亜希子自身が驚いた。もちろん、それ以上に驚いているのは薬王寺涼子だった。なにかの魔法で笑ったまま蠟《ろう》人形にでもされたように、ぴたりと動きが止まってしまった。

「あ、違うの、ごめんなさい」

慌てて取り繕うも、一度凍り付いた空気はなかなか溶けない。薬王寺涼子の動きも封じ込められたままだ。……どうしよう。これがきっかけで薬王寺さんを失うことになったら、それこそ大損失だ。なんとかしなくては。

「だから、私、死ぬのよ」亜希子は、魔法を解く呪文を唱えるように、言った。「癌なんですって」

「癌？」

薬王寺涼子の体が一瞬動いたが、しかし、すぐにまた止まってしまった。亜希子は続けた。

「そう、甲状腺の癌。未分化癌とかいうやつで、根治の可能性はほとんどないみたい。ただ、治療をすれば、少しは長く生きられるようだけど。それで、医者に二者択一を迫られていて」

「二者択一……」薬王寺涼子の動きが、ようやく元に戻った。が、その顔からは笑みはすっかり消えている。「治療をして余命を延ばすか、それともそのまま放置して自然死するか……ですか？」

「そう、その二者択一。でも、なんで？」

「わたくしの父が、まさにその選択を迫られたんです、二十年前」

「そうなの？」

「はい。父の場合は、膵癌《すいがん》でした。癌の王様とも呼ばれるほど、進行が速くて予後も極めて悪い癌です。癌が分かったときは、ほぼ末期でした。それでも、お医者様は言いました。『治療をすれば治る可能性はゼロではない。治療しますか？　しませんか？』と」

薬王寺涼子は、今まで見せたことがない表情をしてみせた。ひどく不機嫌な表情だ。そう、さながら親しい女友達に愚痴でも吐き出しているような、私的で無防備な表情だ。薬王寺涼子は、口を尖《とが》らし気味に、続けた。

「……そんなふうに言われたら、『はい、します』と言うしかないじゃないですか。

父は、根っからの優等生で真面目人間だったので、可能性がゼロではないと言われたら、むしろ我武者羅《がむしゃら》に頑張ってしまう性格だったんです。だから、私たち家族も、一緒に頑張ろう、癌と闘おうって。そして、あらゆる治療をしてもらったんですけれど。……でも、今思えば、その選択でよかったのかと、後悔することも多いのです。というのも、父は、度重なる手術、抗癌剤治療で、みるみる衰弱してしまったからです。柔道をしていましたのでがっちりとした体つきでしたが、治療をはじめて二ヵ月後には、私なんかがだっこできるほど、がりがりになってしまいました。父は我慢強いほうでしたが、その表情からは『助けてくれ、もう死なせてくれ』と言っているようにも見えて。

最期のほうになりますと、父の体はチューブだらけで、これがかなり苦痛だったようです。いわゆるQOL……生活の質からいえば、父は最低最悪の状態だったと思います。結局、癌を宣告されて三ヵ月後に亡くなりました」

「そんなに早く?」

「そう、そんなに早く。だったら、もっと苦しまない方法もあったんじゃないかと、家族はいまだに後悔しています」

薬王寺涼子は、拳を握りしめ、それで自身の太腿《ふともも》を軽く叩き付けた。

「……あとで知ったんですけれど、癌そのものが苦しくて痛くて辛《つら》いのではなくて、治療の副作用で、髪が抜けたり体中に激痛が走ったり衰弱したり食べられなくなったりするのが辛いのだそうです。つまり、癌を放置すれば、死は穏やかにやってくる。下手に抗うから、地獄の苦しみを味わうんだって。……だからといって、治療しない道を選んだとしたら、それはそれで後悔していたんでしょうが。なにもしてやらなかったという自己嫌悪と罪悪感で。……結局、私たち家族は、自分たちの体面を気にしていたんだと思います。身内が癌だというのにそれを放置したと言われたくない、冷たい家族だと思われたくない、そんなことを無意識に気にしていたんだと思います。父もそうです。父も、頑張る姿を見せないといけない……と思ったんでしょうね。根っからの体育会系ですから。頑張れば賞賛されることを知っていますし、賞賛のためには死んでも闘うんだ……というメンタルを普段から叩き込まれていましたから。……死んでも闘う。矛盾してますよね。結局、本当に父は死んでしまいましたが」

薬王寺涼子は、自虐気味に笑うと、言った。

「でも、父は、こんなことを言ってました。癌でよかったと。癌だったから、最期まで家族と一緒にいられたし、なにより一緒に頑張ることができたと。いろんな後始末もすることができたと。事故や殺人のように突然、死がやってきたら、死んでも死に切れないと」

薬王寺涼子の唇が激しく震え、ついには大粒の涙がほろほろ落ちてきた。

「父ったら、アダルトビデオとかエッチなグッズを結構隠し持っていたようで。もういよいよ危ないっていうときに病院を抜け出して、それを処分しに家に戻ったみたいなんです。……バカでしょう？　もっと他にやることはないの？って」

「そういうことは、大切よ」

亜希子の頬にも、いつのまにか涙が流れていた。

「身の回りはちゃんと整えてからでないと、安心して死ねないわ。それに、整理しないで死んだら遺《のこ》された人たちが苦労するでしょう？　……そう考えると、死までに期間がある癌というのは、案外、悪いことばかりではないのかもね」

「そうですね。いわゆる執行猶予のようなものかもしれませんね。死を迎えるそのときまでに、いろんなことができる。……ええ、そうですね、癌で死ぬということは、案外ラッキーなことなのかも――」

ここまで言って、薬王寺涼子は、はっと表情を変えた。いつものビジネス用の顔に戻った。

「失礼しました。今のは失言でございました……」

「ううん、失言ではないわ。その通りよ。癌というのは、死の宣告というよりも、長いカウントダウンのはじまりなのよ。……うん、そう。このせっかくの猶予期間を、有効に有意義に過ごさなければね」

＋

そんな格好いいことを薬王寺涼子には言ってみたが、亜希子の心中は、まさに沼の底の有様だった。

それでも仕事だけはちゃんとこなさなければ……と、ストック原稿の中から適当なエッセイを選び多少の手を加えると、日付が変わるギリギリで出版社に送った。

「部屋の状態は心の表れ、部屋を奇麗にして心もデトックスしよう……」などというよくある定番のエッセイで、新鮮味もなければ面白味にも欠けるのだが、閉経だ布施明だ霧の摩周湖だ……といった言葉が並んだ原稿よりは、編集部受けはいいだろう。

「ああ、疲れた。もう寝よう」などとひとりごちながらも、亜希子はなかなかパソコンの前から離れられなかった。

いつのまにか、妹、美奈子のブログを開いている。今日はこれで、何回目だろうか？　何度見ても、その内容は変わらないのに。

『嬉《うれ》しいお知らせです。本日、出版社から連絡がありまして。……私の小説が、〝翡《かわ》翠《せみ》新人賞〟をいただくことになりました』

翡翠新人賞といえば、数ある純文学系の新人賞の中でも一番の権威ではないか。この賞を獲って、そのままA川賞に輝いた小説は多い。

亜希子の心の中に、どろっとした感情が次々と沈んでいく。それを言葉にしろと言われたら、たぶん「妬み」だ。

……妹の成功を心から喜べない姉ほど、不幸なものはない。他人の成功を妬む分には世間も理解してくれるだろうし、それによってなにか事件に発展したとしても多少は同情もしてくれるだろう。

が、その相手が実の妹となると、こと複雑なのだ。なにしろ同じ両親から生まれて、同じ血が流れているのだから。他人を妬むように単純にはいかない。それでなくても、美奈子には前科がある。姉の夫を寝取った……という前科が。その前科だけでも絶縁したい心境なのに、いや実際絶縁したのに。なのに、あの子はなおも、姉である私の心を逆撫《さかな》でし続ける。

『初めて書いた小説が、こんな素晴らしい賞をいただくなんて、本当に幸せです。応援してくれた夫、母、そして小さな息子に感謝します。……タイトルは、〝もったいないおばさん〟です』

もったいないおばさん？　まさか、それ、私のこと？　そうよ、あんたがつけた、私の渾名《あだな》よね？

あんた、私のことを小説にしたの？

Chapter 2. 決断（2014年12月8日）

4

バスタオル、これって必要かしら？

そうふと思ったのは、今から五年前のことです。

五年前、私は人生の岐路に立たされていました。それまで当たり前だと思っていた価値観を、いちから疑ってかからなくてはならないような、そんな重大な局面です。

……もったいつけることではないので単刀直入に言いますと、五年前、私は離婚しました。

離婚は結婚より大変だ……ということは、大昔からいろんな人が言及していること

ではありますが、実際に自分がそれに直面すると、一言で「大変」と片付けられない

ほどに「大変」である事実に打ちのめされます。「大変」というか、「面倒」なのです。

そう、とにかく、面倒なのです!

それは、「掃除」の面倒くささに似ているかもしれません。「掃除」というか、……「処分」でしょうか?

物を購入し家に持ち帰ることを「結婚」だとするならば、物を処分することが「離婚」。何事もそうですが、「プラス」していくことは簡単ですが、「マイナス」するには「技術」が必要となってきます。

「処分なんて、簡単よ。捨てればいいだけのことでしょう?」

そう考える方もいらっしゃることでしょう。あるいは、「処分」という行為になんの煩《わずら》わしさも感じずに、むしろてきぱきとそれを遂行する方も。そういう方は、生まれついての「整理整頓」の才能の持ち主。「掃除」の天才。

「整理整頓」に才能なんかあるものか……ですって? 「掃除」なんか誰もができて当たり前だ……ですって? なら、なぜ、世の中にこれほど「整理整頓」や「掃除」の本が溢れているのでしょうか? 整理整頓または掃除の才能が、誰にでも当然に備わっているものならば、マニュアル本なんて必要あるはずもなく。「呼吸のしかた」なんて本がないのと同じように。

もっと分かりやすくいえば、鉄棒の逆上がり。それを難なくできる身体能力を持っている人から見れば、逆上がりができずにみっともなく格闘している姿は滑稽《こっけい》そのもの。そして、「なんで、こんな簡単なことができないんだろう？」と疑問に思うことでしょう。

「できる人」と「できない人」の温度差は、残酷です。できる人から見れば、できない人の葛藤はただの愚鈍にしか映らず、イライラのもとにしかなりません。「できない人」から見れば「できる人」の傲慢《ごうまん》な姿は脅威そのもので、コンプレックスのもとにしかなりません。

話が逸《そ》れました。つまり、「整理整頓」は「才能」であり、そして「処分」は「技術」です。生まれ持った資質と才能に左右されるのです。ですから、逆上がりのように「できる人」と「できない人」が出てくるのは当然のことであり、その差を埋めるのが、私たち、「お掃除コンシェルジュ」の役目でもあります。

ここで告白しますが、私には「整理整頓」の才能はありません。小さい頃からぐうたらで、物を出したら出したまんま。片付けるというのがどうしてもできませんでした。というか、理解できなかった。「なんで片付けなくちゃいけないの？　片付けたら、また出さなくちゃいけないのに。明日も使うんだから、このままにしておくほうが合理的じゃない」

母は、こんな私を「出しっぱちゃん」と呼んでいました。文字通り、出したらそのまま放っておく子……という意味です。

母はマメな人で、誰もが認める奇麗好き。出したものは必ず元の位置に戻すきっちりとした性格で、娘の私にもそれを求めるのですが、私はその期待にどうしても応えることができませんでした。

「元の位置に戻す。こんな簡単なことがどうしてできないの！」

母は、いつもそうやって私を叱《しか》りつけたものです。

母の怒鳴り声を聞きすぎたせいか、私にとって「元の位置に戻す」……つまり「整理整頓」という行為には、ある種の強迫観念が伴います。だから、私にとって長らく「整理整頓」というのは懲罰のようなものでした。実験用マウスが電気ショックを与えられながらなにかしらの行為を強制させられるような、そんな強迫パターンができあがってしまっていて、「整理整頓」＝「苦痛」となってしまったのです。

でも、母は言います。

「ほら、片付けると、こんなに気持ちがいいでしょう？　いい気分でしょう？」と。

生まれつき、「整理整頓」の才能を与えられている母にとってそれは「快楽」なのかもしれませんが、「整理整頓」の才能など持ち合わせていない私にとってそれは苦痛でしかないことを、母はたぶん、いまだに理解していないと思います。それどころか、「私があれほど躾《しつ》けたから、今のあの子がある」と思っているに違いありません。

でも、違うのです。

「片付け」も「掃除」も「整理整頓」も、私にとっては今も苦痛でしかありません。やらなくてはいけない「義務」。もっといえば、「懲罰」。一度植え付けられた「苦痛」のパターンは、長じても消えるものではありません。むしろ、それは年々強化されていくものです。

私が結婚したのは約十五年前ですが、そのときは「一家の主婦として、死ぬ気で掃除しよう、死に物狂いで整理整頓に励もう」と、悲壮感ばりばりで誓いを立てたものでした。新婚の甘い雰囲気を味わうことなく、私はひたすら、懲役中の囚人さながらのひたむきさで、日々の掃除に励みました。挫《くじ》けそうになると「頑張れ、頑張れ」と弱い自分を叱咤《しった》しながら、黙々と、掃除に明け暮れる日々。

しかし、そんな無理が長く続くはずもなく、私の誓いは結婚六年目で脆《もろ》くも崩れ去ります。最悪な形で。電池が切れたおもちゃのごとく、私の「頑張り」は、突然潰《つい》えました。そして二度と、その「頑張り」が蘇《よみがえ》ることはなかったのです。そう、長年の無理な「頑張り」のせいで、私のメンタルは復旧できないほどに消耗しきっていたのです。エネルギーなど、少しも残っていませんでした。そんな中、「離婚」という人生で最も面倒くさいイベントが突きつけられたのでした。

あの頃のことを思い起こすと、「五里霧中」という言葉が当てはまるでしょうか。

そう、どんなに目を凝らしても、まったく先が見えない霧の中。足元すら見えない。自分がいったい、どこにいるのかも分からない。そんな思考停止の日々でした。

私が覚えていることといえば、離婚届に印鑑を押している自分の手もとぐらいです。印鑑の枠からじわじわと滲《にじ》む朱色。それがまるで血のようにも見えて、私ははっと、手から力を抜きました。ゆっくりと印鑑を紙から剝がすと、朱《あか》まみれの、潰れた自分の名前が見えました。

ああ、これでようやく終わるんだ。

そんな安堵《あんど》感からか、急激な眠気に襲われたこともよく覚えています。

が、眠気も吹っ飛ぶような現実がすぐにやってきました。

二千万円近くの請求書が、元夫の代理人から届けられたのです。

いわゆる、清算的財産分与です。

離婚協議中は、私はまさに霧の中でしたから、手続きやら細かいことは元夫のリードに任せていました。私は夫に言われるがまま、その中身をよくよく吟味することなく印鑑を押したり、サインしたり。財産分与の話し合いのときも、私はただただ受け身で、元夫の代理人が提示してくるいろんな条件に対して「はい、それで構いません」と生返事していました。その時点では、まだ、私は彼を信用していたのでしょう。離婚するからといって、無茶なことをするわけがないと。事実、元夫は、当時住んでいた部屋を私に残してくれました。

ところが。

離婚後、届けられた請求書には、とんでもない額が記載されていました。「千九百八十万円」。財産分与として不動産は私に譲るが、現金はよこせ、というのです。

離婚の一年前、私はすでに一冊の本を出版していました。家庭不和を綴ったブログをまとめたものですが、幸運なことにあちこちで話題にしていただき、毎週のように重版がかかる勢いで、よく売れました。その年の収入も、結構な額になりました。

元夫の言い分はこうでした。その収入は、夫婦の協力のもとに形成されたものだから、夫婦の共有財産だ。だから、その半分はよこせ。

言われれば、確かに、そんな話し合いをして、そして書面にサインをした記憶があります。でも、「千九百八十万円」というリアルな金額を提示されると、「とんでもない！」と唸るしかありませんでした。

そもそも、離婚するきっかけを作ったのはあちらなのに。こちらが慰謝料を請求してもいいぐらいなのに、なぜ、逆に請求されなくてはいけないのか？

言いたいことは山ほどありましたが、もうこれ以上、あいつらとは関わり合いになりたくない、そんな拒絶のほうが強く、私は、あっさりと請求された金額を支払ったのでした。

そんなときです。

「取材させてください」

そのメールは、そんな唐突な文言《もんごん》からはじまっていました。

某テレビ局の、朝のバラエティ番組のディレクターからでした。放送開始から二十年は経っている、視聴率も好調な人気番組です。断る理由などありません。本の宣伝には、これほどうってつけの機会はないのですから。

しかし、問題はその取材内容でした。「書斎拝見」というのがテーマで、つまり、私の自宅を取材したいというのです。

「え？　この部屋を？　……見たい？」

この時点で、私は完全に目が覚めた思いでした。夫婦生活が破綻して離婚するまでの数年間、私はちょっとした鬱状態にあり、毎日がどこか他人事で、なにをやっても当事者意識が湧かず、実感も湧かず、常に地上から数センチ浮いているようなあやふやな状態で、だから、千九百八十万円なんていう大金を請求されても抗議ひとつせずに支払ってしまったわけですが、「部屋を見たい」というリクエストが、私にいろんな「実感」を蘇らせてくれたのでした。

「とんでもない、こんな部屋、見せられない！」

当時、離婚やらなんやらで、私の部屋は荒れ放題。とても人様に見せられたものじゃありませんでした。それに、元夫のにおいがあちこちに染み付いたその部屋にはとんと愛想を尽かしていたので、これを「私の部屋です」と紹介するのは生理的に無理でした。

引っ越そう。

そう私が決心するまで時間はかかりませんでした。

そんなときです。

「バスタオル、これって必要かしら？」

と思ったのは。

それまでは、バスタオルに疑問を持ったことなどありませんでした。日用品のひとつとして必要なもの。物心ついた頃からお風呂といえばバスタオル。

が、これがあることで、色々と面倒なことも多かったのです。まずは、洗濯。人によって、バスタオルを洗濯する頻度は違うようですが、奇麗好きな母の影響で、お風呂に入るたびに、バスタオルは洗濯機行きでした。家族と共用するなんていう考えもありませんでしたから、家族の人数分、毎日バスタオルが洗濯機に放り込まれていた格好です。結果、実家には大量のバスタオルがあり、洗濯物の大半はバスタオル、もちろん物干竿《ものほしざお》を占領していたのもバスタオルでした。ご存じのとおり、バスタオルはかさがありますから、収納しておくのも洗濯するのも大変なのです。だからといって、洗濯せずに同じバスタオルを何日も使用するという考えはなく、下着や靴下と同じで、一度使用したら洗濯するというのが、実家の家訓でした。

結婚してからも私はその家訓を守り続けました。というか、それが「常識」となってしまっていたのです。しかし、元夫は同じバスタオルを一週間は使い続ける人で、しかも他の人が使用したものも平気で使用することができました。私のバスタオルも何度も使われ、そのたびに喧嘩《けんか》になったものです。

喧嘩のたびに、元夫は言いました。

「なら、足マットはどうなんだ？ 足マットは、二人で使っているじゃないか。しかも、洗ったことあるか？」

痛いところをついてきます。足マットに関してはどことなく気になってはいたのですが、あれこそ、頻繁に洗濯できるものではありません。なにしろ、分厚くモコモコで、裏には滑り止めのゴムまでついている。洗濯のしかたが分かりません。だから、見て見ぬ振りをしていたのですが……。

そんなことより、バスタオルです。

引っ越しを二日後に控えたその日、バスタオルのストックがなくなるという事件が起きました。忙しさにかまけてマメに洗濯機を回す時間がなかったのと、雨が続いていたせいで、いつもならバスタオルが山と積まれているタオルラックが空になっていたのです。ちょっとしたパニックに陥りました。なにしろ、私はすでにお風呂に入ってしまっていて、全身びしょ濡《ぬ》れ。髪からはぽたぽたとしずくが落ちています。と、そのとき、洗面台の横にぶらさがっているフェイスタオルが目に入りました。フェイスタオルはその名の通り、顔（あるいは手）を拭くもの。体を拭いたことなどありませんでしたが、緊急事態、私はそれを手に取りました。

……あら、不思議。

そのフェイスタオルで、ことが済んでしまいました。バスタオルの代わりを立派にこなしてくれたのです。しかも、それは、足マットにもなってくれました。

まさに、目から鱗《うろこ》。

「バスタオル」「フェイスタオル」「ハンドタオル」「足マット」という名前に縛られて、その名前の通りに使い分けてきましたが、よくよく考えたら、使い分ける必要も根拠もないのです。そもそもかつての日本人には、「手ぬぐい」しかありませんでした。手をぬぐうだけではなく、それで体を洗い、全身の水気も拭き、足マットとしても使用していたことでしょう。そう、手ぬぐい一枚あれば、大概のことは間に合っていたのでした。

以前、江戸時代から昭和初期の庶民の暮らしを再現した博物館に行ったことがあるのですが、その暮らし振りは、みごとなまでのシンプルライフ。六畳一間、そのスペースを必要に応じて、ダイニングにし、リビングにし、そして寝室にする。物干には手ぬぐい。食器などもほとんど見当たりません。一人一人が持つ「箱膳」に箸《はし》と碗《わん》と皿が収納され、食事のときはそれがテーブル代わり。そう、日本人は古来、とことんシンプルに暮らしてきたのです。最小限のスペースと最小限の「モノ」だけで、臨機応変に。

ところが、いつ頃からか、用途に応じて部屋を使い分けるという習慣が日本人に根付き、それに伴って、モノも使用目的ごとに揃えるようになりました。それが原因で、あれほどシンプルだった日本人の部屋の中は、モノで溢れ返ることに。

一番分かりやすい例が、冷蔵庫の中身です。つゆや調味料が、何種類もありませんか？　鍋用、チャーハン用、野菜炒め用、うどん用、パエリア用、唐揚げ用……用途に応じて、調味料を揃えていませんか？　それが原因で冷蔵庫をカオスにしていませんか？

水回りも見てください。洗剤がやたらと並んでいませんか？　食器用、レンジ用、テーブル用、タイル用、風呂桶《おけ》用、カビ取り用……掃除するために買ったのに、かえって部屋をゴチャゴチャにしていませんか？　なんという本末転倒！

部屋が片付かないと嘆く人の大半が、用途別に細かくモノを買い込んでいる人です。

そして、それを使い切らないうちに、次々と新しいものを買う人です。メーカーにとっては、いいカモです。

では、次に、食器棚を見てみましょう。いつか使う？　一度も使ったことがない食器がぎゅうぎゅうに詰め込まれていませんか？　それはいつですか。

押し入れは？　その布団はなんですか？　え？　お客さん用？　でも、それ、ちゃんと定期的に干していますか？　もしかしたら、ダニが湧いていませんか？　そんなものをお客さんに出すんですか？　そもそも、お客さんって、来るんですか？

お客さん用に食器を用意したり、布団を準備したりするのは悪いことではありません。が、それは、大量の布団や食器を維持管理することができる、お金に余裕のある人たちの習慣であって、それを庶民が真似《まね》すると破綻するだけです。

そもそもです。そもそも、身の丈に合った生活をしていれば、片付けで悩むことなどないのです。どうしても片付けができないという人は、身の丈以上の生活をしている可能性があります。ここでいう「身の丈」とは、お金のことだけではありません。

「整理整頓」の才能があるかどうか。

自分にはその才能がない……と少しでも自覚のある人は、生活環境をシンプルにするところからはじめなくてはなりません。そう、「これって、本当にいるの？」という疑いからはじめるのです。

私の場合、まずは「バスタオル」を疑ってみました。そしてそれをなくしてみました。次に足マット。で、残ったのが、十枚のフェイスタオル。顔や手を拭くのにはもちろん、バスタオルや足マットとしても使用。不便なことは一切なく、むしろコンパクトな分、使い勝手もいいのです。洗濯や収納も驚くほど楽になりました。

これがきっかけで、私の「身の丈整理整頓」はスタートしたのですが――

5

プリントアウトしたエッセイを読み直して、亜希子は苦いため息を吐き出した。

なにか、いつもの勢いがない。

そもそも、「バスタオル」ネタは、今までにももう何回も書いてきた。記憶しているだけでも、二十回は書いたと思う。

これでは、マンネリだと言われてもしかたがない。

だからといって、今更、新しいことなど書ける気がしない。

だって、私は……。亜希子は、カレンダーを見やった。

十二月八日になっていた。

余命を宣告されて、もう一週間になる。明日は、病院に行く予定だ。今後の治療方針について、その決断をしなくてはいけない。

はぁ。苦いため息を再び吐き出したところで、「天国と地獄」のメロディーが鳴り響いた。固定電話の着信音だ。出ると、

「あ、亜希子ちゃん、いたの？」

と、甲高い母の声が、受話器から飛び出してきた。

＋

「あ、亜希子ちゃん、いたの？」

母、節子《せつこ》の口癖だ。

「いちゃ悪いの？」

言われるたびにそんなつっこみを入れるのだが、しかしこの日「うん、いたよ」と、亜希子は静かに、ぼそっと言った。それは特に意味を持たせたわけでも意識したわけでもなかったが、ポルトガル民謡ファドのようにどことなく暗く哀愁に満ちた響きだった。が、そんなことはお構いなく、

「ね、あのスーツケース、どうすればいいの？」

と、母は訳の分からないことを言う。

「スーツケース？」

「あなた、うちに送ってきたじゃない」

「え？」

「一応、納戸《なんど》にしまってあるけど。……中身はなに？　虫除け剤のにおいがしたから、服？　それにしては、なんか、すっごく重たかったんだけど」

「……ごめん、ちょっとよく分からない」

「自分で送ったくせして？」

「送ったかどうかも……ちょっとよく分からない」

それは、嘘でも誤魔化しでもなかった。転落事故があった以前の記憶が、ちょっと曖昧だ。もちろん、記憶喪失というわけではない。ただ、忘れていることが多い。人に指摘されて、「あ、そうだった」と思い出すことばかりだ。……あの布施明似の医師は、頭には異常はないと言っていたが、……やっぱりどこかを打ってしまったのだろう。それで記憶が曖昧になっているところがある。

「亜希子ちゃん？　どうしたの？　……なんかあったの？」

じわっと、目の縁が熱くなる。さすがは、母親だ。娘の異変にはちゃんと気づいてくれる。

「亜希子ちゃん？　大丈夫？」

今はとんと疎遠になっている母親だが、そもそもは仲のいい親子だった。以前は、三日に一度は電話がかかってきて、母がパソコンを覚えてからは、それこそ毎日メールをやりとりしていたものだ。妹の件以来、そんな熱烈なつきあいはなくなってしまったが、それでも月に一度はこうやって、妹に隠れて連絡してくれている。

「亜希子ちゃん？」

母の声が、ひどく優しく、懐かしい。

言ってしまおうか。今、私が立たされている境遇を。余命宣告された事実を。半年後、それとも一年後には、もうこの世にいないことを。

が、亜希子が言葉を吐き出そうと口の形を作ったところで、母は、

「ね、聞いて、聞いて」

と、お馴染みのフレーズを口にした。

その口調には、娘の異変を気遣う素振りも、そもそも異変に気づいている様子もいっさいなく、いつもの調子で、一方的に、言葉を羅列させていくのみだった。

「ね、美奈子ちゃんがね、賞を獲ったのよ、小説の賞。小説家デビューするのよ」

その声は、いかにも嬉しそうだった。

「翡翠賞よ。あんただって、聞いたことぐらいあるでしょう？　純文学の新人賞では、最高峰。この賞を獲って、A川賞を獲った人も多いのよ」

母は、自分のことのようにはしゃいでいる。

私のときはどうだっただろうか？　と、亜希子は考えた。私のブログが本になったとき。

「恥ずかしい」

そう、これが、母の第一声だった。忘れもしない。

「ね、名前ぐらい、変えることはできなかったの？　ブログが本になるときは、たいてい、ペンネームを使うじゃない。……ハンドルネームというやつよ。あなた、ブログのときは、ちゃんとハンドルネームを使っていたじゃない」

私のブログ、読んでくれていたんだ。照れくささと同時に、嬉しさもこみ上げてきたが、母の口調はきつかった。

「あんな本、出しちゃって。お母さん、もう恥ずかしくて、ご近所さんとも顔を合わせられないわ。だって、私のことも書かれているでしょう？　もう、本当に恥ずかしい」

その当時で六十九歳の母は、女学生が親友の裏切りを責め立てるように、散々に、亜希子を詰《なじ》った。

「とにかく、もう二度と、あんな本は勘弁よ」

そして母は、親友に絶交を宣言する女学生のごとく、電話を一方的に切ったものだ。

なのに、今の母は、とにかく嬉しくて嬉しくてしかたない様子だった。その声も躍っている。今年で七十五歳の母だが、声だけ聞いていると、ご贔屓《ひいき》の役者を語る乙女のそれだ。

「私、本当に嬉しくて。ご近所さんに触れ回っちゃった。そうそう。昨日、同窓会があったんだけど、そこでも自慢しちゃったわ。みんな、すごいわねーって、言ってくれて」

母は、横浜でも屈指の名門女子校、F女学院のOGだ。母は、亜希子にも同じ学校に進学してほしかったようだが、亜希子はそれを見事に裏切り、別の地方の難関高校へと進んだ。亜希子の代わりに母の願いを叶えたのが妹の美奈子で、合格発表当日の、母の満面の笑みが今も亜希子の瞼《まぶた》の裏に焼きついている。あのときも、母は冗談めかしてこんなことを言ったものだ。「ああ、これで、みんなに自慢できる」

しかし、偏差値からいえば亜希子が選んだ高校のほうがずっとずっと上で、なのに母はそれを自慢したことは一度もなく、亜希子は不条理な思いに駆られたものだ。

それにしてもだ。憎たらしいのは妹という存在だ。亜希子は、ギシギシと音がするんじゃないかというほど、受話器を握りしめた。

……あの子は、昔からことあるごとに私と競り合い、そして結局は、母からの褒め言葉を勝ち取ってきたのだ。

そして、今回も。

「私、とても、鼻が高かったわ。今までの中で一番の同窓会だった。だって、美奈子ちゃんは、私の夢を叶えてくれたんだもの」

母の夢。そういえば聞いたことがない。母は絵に描いたような良妻賢母で、家の仕事をすることを生き甲斐《がい》にしてきたような人だ。

「あら、言ったことなかったかしら。私ね、小説家になりたかったのよ。女学校時代も文芸部に入っていてね。六月十九日の桜桃忌《おうとうき》には、毎年欠かさず、三鷹までお墓参りに行っていたものよ」

おうとうき？

「あら、知らないの？　あなた、三鷹に住んでいたくせして。太宰治《だざいおさむ》の命日よ」

ああ、桜桃忌。そういえば、そんな催し物を毎年やっていたっけ、うちの近所で。って……太宰治フリークだったのか、母は。知らなかった。彼女の娘として五十年も生きてきたというのに、今の今まで、知らなかった。

「さすがに結婚してからは行っていなかったんだけど、十年ぐらい前から、美奈子ちゃんに誘われて、また行くようになって」

そうだったの？　……三鷹に住んでいた私には内緒で、二人でそんなことを？

「あら、だって。亜希子ちゃんは文学にはあまり興味ないでしょう？　だから、誘ってもかえって迷惑かな……と思って」

それにしたって、声ぐらいかけてくれてもいいじゃない。だって、桜桃忌が行なわれるお寺は、私のマンションから徒歩で二十分ほどの場所なのよ？　それなのに、無視するだなんて。

「あら、無視なんかしてないわよ。洋輔さんには毎回ちゃんと——」

そこで、母は、はっと口を閉ざした。そして、慌てた様子で、強引に話を逸らした。

「去年の桜桃忌のときはお墓参りのあと、井《い》の頭《がしら》公園に寄って、その近くのビストロでフレンチを食べて。本当に楽しかった。……ふふ、ここだけの話、そのときのエピソードからはじまるみたいなの、美奈子ちゃんが賞を獲った小説。あの子ったらまだ私には見せてくれないんだけど、どうやら、家族のことを書いたみたいね。まさに、私小説ってやつよ。太宰と同じ」

「やっぱり！」

亜希子は、野卑な声を上げた。

「やだ、なによ、急に。びっくりするじゃない」

「美奈子が書いたその小説、『もったいないおばさん』っていうタイトルでしょう？」

「あら、そうよ。なに、亜希子ちゃん、知ってたの？」

ブログを日に何度もチェックしているとは言えず、

「たまたまよ。たまたま、他の調べごとをしていたら、あの子のブログがヒットしたのよ。そしたら、そんなようなことが書いてあって」

「なんだ、じゃ、知っていたの？」

「まあ……ね。なんか、賞を獲ったってことぐらいで、詳しくは知らないけれど」

「なーんだ。びっくりさせようとしたのに、肩すかしだわ」

びっくりしているわよ。毎年、三鷹まで来ていたくせして、一度も私には連絡してこなかった……ってことにね。もっといえば、洋輔……元夫には連絡していたってことにも。つまり、私だけ、仲間はずれ？

が、亜希子はそのことには触れず、

「美奈子が小説書いてたなんて、全然知らなかった。意外」

と、微妙に話をかわした。

「私も知らなくて。なんか、こっそり書いていたみたいなのよ。あの子ったら、そういう秘密主義なところがあるのよね、昔から。でも、私にはそれほど意外でもなかった。だって、あの子、文才はあったから。なにしろ、私の娘だもの。私だって学生時代はね、読書感想文のコンクールと翡翠賞ではレベルも質も違うと思うが。でも、まあ、自分が自然と文章を書くようになったのも、妹がマメにブログを更新しているのも、確かに、この母親の影響が大きいのだろうと、亜希子は思った。

それにしてもだ。問題はそのタイトルと内容だ。

「あの子、……もしかして、私のことを書いたの？」

亜希子は、恐る恐る訊《き》いてみた。

「どうして？」

「だって、タイトル。『もったいないおばさん』……って。私のことだよね？」

「え？　なんで？」

あ、もしかして、お母さん、知らないんだ。

亜希子は、受話器を握り直した。

そうだ。美奈子が私を「もったいないおばさん」と呼ぶのは、洋輔との間だけなんだ、たぶん。

亜希子がそれを知ったのは、洋輔のメールを見たときだった。そう、まだあの人と婚姻関係にあった頃。彼の浮気を確信した亜希子がまずやったことは、言わずもがな、夫のメールをチェックすることだったのだが、そのときに見つけたのが「もったいないおばさん」というフレーズだった。妹と夫はその代名詞を頻繁に使用し、それが自分を意味する隠語であることに気づくまでには、時間はかからなかった。

こういうとき、人間って、本当に逆毛が立つんだと亜希子は怒りに身を任せながらも、冷静に自身の状態を分析していた。たぶん、その時点で、「いつか、このことをネタにしてやる」という復讐心が芽生えていたのだろう。この怒りがあったから、その後、ブログを立ち上げて離婚までの道のりを赤裸々に綴ることができたのだし、もっといえば、今の成功にも繋《つな》がった。

が、亜希子にしてみれば、あのときの怒りはその程度のリベンジではまったく足りないほど、凄まじかった。そう、本当のリベンジはこれからだ、あの二人が手も足も出ないほどの成功を手に入れて、あの二人のことなど一秒も思い出さないような絶対的な幸福に満たされたときこそが、復讐の終わりだ。

なのに、その幸福への階段半ばで、あの子に不意をつかれてしまった格好だ。最も残酷な方法で。

ああ、本当になんて子なの！

よりによって、私を絶望の泥沼に突き落としたそのフレーズをタイトルにして、しかも、最も権威のある新人賞を獲ってしまうだなんて！　これじゃ、なんだか、私のほうがリベンジされている側じゃない！

いったい、なんなの、あの子は。どこまで私を苦しめる気？

「……ね、お母さん、その小説、いつ、発表になるの？」

「え？」

「だから、いつ、発表なの？」

「えっと、確かね。……ちょっと、待って。本人に訊いてくる」

「え？　あの子、いるの？」

いつものように隠れて電話してきたんじゃないの？

「今日は、美奈子が、連絡してって言うから」

「……そうなの？」

「美奈子ちゃんたら、よほど嬉しかったのね。疎遠にはなっているけど、この喜びだけはどうしてもお姉ちゃんにも伝えたいって。なんだかんだ言って、あの子、あんたのことをとても気にかけているのよ。姉妹愛ね」

母は少々鈍感なところがあると昔から思っていたが、少々どころではない。正真正銘の百パーセント鈍感人間だ。

姉妹愛？

どこが姉妹愛！　ただの自慢じゃないの。ただの、……嫌がらせよ！

＋

「あの子はね、赤ちゃんの頃からそうなのよ。私の神経を逆撫でするようなことばかり。私への対抗心を銜《くわ》えて、生まれてきたような子なの」

その夜、亜希子は、梅屋百貨店外商の薬王寺涼子を南青山のマンションに呼びつけていた。表向きの名目は、クリスマスとお正月に振る舞うお酒を適当に持ってきて……というものだったが、本当の目的はもちろん、違う。

亜希子は、薬王寺が持ってきたワインの一本を早速開けると、焼酎《しょうちゅう》でもつぐように、グラスにどかどかと注いでいった。

「あの子が生まれたのは、私が十歳の頃よ。そう、小学四年生の三学期。私、風邪で高熱を出してしまって。立っていられないほどふらふらで、保健室で体温を測ったら、四十度近くあってね。担任の先生が、家に連絡したんだけど誰もいなかったらしくて、待てど暮らせど、迎えは来なくて。下校のチャイムがなっても誰も来てくれなくて、不憫《ふびん》に思った担任の先生が、家まで送ってくれたんだけど、家には誰もいなくて。熱が下がらないだけでなく症状もひどくなるばかり。でも、これ以上、担任に迷惑かけたくないから、『先生、もう大丈夫です、私、ここで待ってます』って、健気《けなげ》に平気な振りをして。先生、なにか大切な用事があったんでしょうね、私の言葉を聞くと一目散に帰って行ったわ。それから私、寒空の下、何時間も玄関の前で待っていたのよ。まるで、マッチ売りの少女。その間、家族はどうしていたかというと、予定より早く産気づいた母につきそって、みんなして病院に行っていたというわけ。私のことなんか、みんな忘れて」

冗談めかして言ってみたが、亜希子の鼻孔からはとめどなく鼻水が溢れてくる。もちろん、涙も。見ると、そこにはハンカチ。薬王寺が差し出してくれたものだ。ハンカチで洟《はな》を拭うと、亜希子はグラスを傾けた。ワインには詳しくないけれど、美味しい。それは日常消費用のテーブルワインで、だから味も少々雑だけれど、こんな日にはちょうどいい。こんなメンタルで、複雑な味わいのファインワインなど堪能できるはずもない。さすがは、トップ外商。私の真の気持ちをちゃんと見抜いて、このワインもセレクトしたというわけか。……亜希子は、改めて、目の前の優秀なセールスウーマンに、敬意を表した。

「ごめんなさい。みっともないところを見せちゃって」

「いいえ。お気持ち、よく分かります。私も、弟が生まれたとき、同じような経験をしましたから」

「弟さんが、いたの？」

「はい。……本音を申せば、私たちは仲のいい姉弟ではありませんでした」

「そうなの？」

亜希子は、グラスを握りしめたまま、身を乗り出した。

「私と弟も、歳が離れてまして。私が小学四年生のときに、彼が生まれたんです」

「あら、うちと同じ」亜希子は身をさらに乗り出した。

「十月でした。私、学芸会で主役を演じることになって。一生懸命、練習しました。父と母を喜ばせようと。でも、学芸会の当日、二人は来てくれませんでした。いえ、二人どころか、私の家族は誰も。学芸会の当日、母が産気づき、父も祖母も祖父も、みな、病院に行ってしまったからです」

薬王寺は、言いながら、つまみにと持ってきたカラスミのスライスを皿に盛りはじめた。パッケージを見ると長崎産の最高級品だ。これでいくらなのかしら？　とふと気にはなったが、薬王寺の話の続きが聞きたくて、さらに身を乗り出した。

「予定よりも、一ヵ月早くて。早産というやつで、弟は未熟児で生まれました。生まれてからも大変で、落ち着くまでの半年、私はずっと放っておかれたのです。それまで私は一人っ子で、父母の愛情も祖父母の関心も独り占めにしていた箱入り娘だったのに、いきなりその箱から放り出されたのです。代わりに箱に入れられたのは弟で、とにかく体が弱かった弟は、ずっとその箱の中で大切に育てられました。一方、箱から追い出された私は、まさに『小公女』状態。それまでのお姫様のような扱いから、一転、父母のストレスの捌《は》け口に成り下がり、毎日のように叱られる身に。扱いも、まるで雑用係のそれでした」

「小公女！　私も夢中で読んだわよ。セーラの身の上が、まるで自分のことのようで。もちろん、私は大富豪でもお姫様でもなかったけれど、大人の愛情を独り占めしていたという点では、紛れもなく『お姫様』だったと思うわ。そして、大人の愛情から見放されたときのあの惨めさは、まさに『雑用係』のそれだわよね」

「ええ、本当に」

「セーラが、雑用係から一発逆転をなしとげたときは、まるで自分のことのように興奮したわ。でも、同時に思ったものよ。自分の身にはこんな幸運は起こらないのだろうって。妹がいるかぎりは……って。それで、私、高校も寮のあるところを自ら選んで、実家から離れたのよ。大学も、わざわざ地方の国立を選んで」

「お気持ち、分かります」

「なのに、妹のほうから、なんだかんだ絡んでくるのよ。私が幸せを掴んだと思うと、あの子の影がちらついて……」

「そこが、姉妹と姉弟の違いでしょうね。私の場合は、弟が成長するにつれて、異性ということもあり、いい感じで距離がとれるようになったんですが。弟も、小さい頃の虚弱体質が嘘のように体育会系になっていきましたから、私とも話が合うようになってきたんです」

「あら、薬王寺さん、なにかスポーツを？」

「下手の横好きなんですが、……レスリングをちょっと」

「レスリング！」

子に向けた。

「まあ、私の話はさておき」薬王寺は、咳払《せきばら》いを二回繰り返すと、改めて、体を亜希

「それで、妹さんの小説は、いつ、発表なんですか？ 確か、翡翠賞を獲った作品は、本になるんでしたよね？」

「そう。本になるみたい。でも、賞を獲った作品は原稿用紙換算百五十枚ぐらいだから、それではちょっと足りないってことで、もう一本、書き下ろしで小説を書いているみたい」

「では、まだまだ、発売は先ですね」

「ところが、発売日だけは決まっているらしくて」

「いつですか？」

「六月十九日。……半年後よ」

「半年後……」

薬王寺涼子の唇が止まった。

「そうですか。妹さんの処女作が発売されるのは……半年後ですか」

さすがのトップ外商も、こういうときのリアクションは用意していないようだった。

そう。半年後というのは、まさに、亜希子の命が尽きるときでもあるのだ。

無論、きっちり半年後である確証はなく、その最期の瞬間はその前に来るかもしれ

ないし、もっと先延ばしされるかもしれない。そう、治療をすれば、一年は生きられるかもしれない。でも。

「六月十九日。妹は華々しくデビューし、一方、私はどうなっているのかしらね」

自嘲《じちょう》気味にグラスを傾けながら、亜希子は、薬王寺の鞄からはみ出ている筒状の紙の束を見やった。

この時期だ。たぶん、梅屋百貨店特製の来年のカレンダーに違いない。去年も貰《もら》ったが、貰ったその日に納戸の奥深くに投げ込み、そのままだ。どうせ今年も同じ運命を辿《たど》るのだろう。薬王寺もそんな亜希子の本音を察してか、それを鞄から出す気配はなかった。

が、ふと、六月十九日の日柄が気になった。妹が作家デビューする日だ。

「ね、それ、カレンダー？」

訊くと、

「ええ、まあ……」

と、薬王寺は決まりが悪そうに、笑った。さらにそれを隠そうともしたので、亜希子も少しムキになった。

「ね、それ、私に持ってきたのでしょう？」

「ええ、まあ、……でも」

ょう？　貰う身からすれば、百貨店とか銀行のカレンダーってありがた迷惑なだけだもの。だって、なんか、……どこに飾っていいか分からないでしょう？　……結局、広げないまま、どこかにやってしまうのよね。今年のカレンダーもそうだった。沢山貰ったけど、結局は、ひとつも広げてないもの。だって、世界の絶景とか仏像とかアイドルのビキニ姿とか、そんなカレンダー、どうしろっていうのよ？　ほんと、企業が配るカレンダーって、なんであああも変わりばえがないのかしら。昭和時代から時間が止まってんのよ。ださっ」

「いいのよ。薬王寺さんだって、分かっているから、そうやって出せずにいるんでし

なんだろう。こんなことは普段なら口にせずに胸に仕舞っておくのに、今日は堰《せき》を切ったように、本音が飛び出す。

これも、一種の開き直りなのだろうか？　そうなのかもしれない。どのみち、自分はそう長くはない。そう思うと、体面やら体裁やら気遣いなどが、なんともバカらしい茶番に思えるのだ。

いや、それとも、単に酒が回ってきただけなのかもしれない。

こうなったら、止まらない。今まで触れずにきた三鷹のマンションのことまで、つい、口を滑らせてしまう。

「昨日もね、前に住んでいた三鷹のマンションに行ったら、それはそれは、いらない

物だらけで。自分で買ったならまだ諦めもつくんだけど、……貰い物が結構あってね。でも、人から貰った物って、捨てられないじゃない？　それで、なんだかんだととっておいたんだけど。……でも、いらない物を置いておく行為ほど、非経済的で非効率的で、もったいないこともないと思うのよ」

なんだか、我ながらいいことを言っている。亜希子は、ワインの瓶を引っ摑むと、政治演説でもするかのように、声を上げた。

「……そうなのよ。日本人は、自分には必要ないな……と分かっていながらも『もったいない』という呪文に操られるように、捨てずにとっておくものじゃない？　これってどうなの？　なんか、間違ってない？　使わないのにとっておくほうが本来の『もったいない』なんじゃないの？　だって、場所がもったいないじゃない、いらない物のために、保管しておく場所が！　三鷹の部屋なんて、今じゃ、いらない物だらけよ。それを置いておくだけの場所に成り下がっている。賃貸に出したら、月十五万円ぐらいの収入にはなるというのに、あのいらない物のおかげで、それもできないのよ？　つまり、私は月に十五万円も損をしていることになる。これこそが、『もったいない』じゃないのかしら？」

「おっしゃる通りです」

薬王寺が、ゆっくりと頷《うなず》いた。

それに気をよくした亜希子は、ワインをどかどかグラスに注ぎ足すと、それを焼酎でもやるように、ぐいっと一気に飲み干した。

そして、屋台の酔っぱらいのようにテーブルに両肘《りょうひじ》をつきながら、「ぐはー」と息を吐き出し、

「こっちが、いくら『身の丈整理整頓』を心がけても、四方八方からいろんな物がやってくるんだから、埒《らち》が明かない。一日、池袋あたりの繁華街を歩いてみなさいよ。チラシだティッシュだ試供品だと、両手一杯になにかを押し付けられるんだから。買い物だっておちおちできやしないわよ。必要な物だけを買おうと思っても、なんだかんだと、特に欲しくもない物を買わされて、挙げ句の果てにポイントカードを作らされて、常連客にさせられるのよ。『身の丈整理整頓』をしたくても、世間がそうさせてくれないのよ。世の中、押し売りだらけよ。商魂の塊だらけよ」

ここまで言ったところで、亜希子ははっと口を噤《つぐ》んだ。

目の前の薬王寺こそ、商魂の塊の一人ではないか。しかも、その頂点に立つ、外商だ。

「おっしゃる通りです」

薬王寺は、静かに頷いた。

「あ、ううん、違うの」

あまりのバツの悪さに、声が裏返る。

「薬王寺さんは、全然違うから。だって、薬王寺さんは、ちゃんと、必要な物だけを持ってきてくれるでしょう？　しかも、絶妙なタイミングに的確な品を。私、とても助かっているの。薬王寺さんなしでは、夕飯のおかずも決められないほどよ。本当よ。もはや薬王寺さんのいない人生なんて、考えられないわ」

さすがにこれは言い過ぎだとは思ったが、酔いのせいもあって、もう止まらない。

「薬王寺さんがいるから、私、安心してテレビのお仕事もできるし、執筆にも集中できるのよ。薬王寺さんがいなかったら、私、今頃パンクしていたわ。薬王寺さんは、私にとって、秘書でありアドバイザーであり……救世主なのよ！」

これは、嘘ではなかった。今までもいろんな窮地に立たされたが、そのたびに薬王寺に助けられてきた。先月も、緊急に資料が必要になって、でも版元の担当編集者は頼りにならなくて、そんなときに颯爽《さっそう》と資料を携えて現れたのが薬王寺だった。

「そうよ、あのときも。……あのとき、薬王寺さんが資料を持ってきてくれなかったら、私、テレビの生放送で恥をかくところだった」

「ああ、……視聴者の質問にお答えするというコーナーの」

「そう。あのディレクター。なんだかんだって、いやがらせのような無茶振りをしてくるのよね、毎回。台本も遅くて、本番直前に渡されるんだから。あのときも、本番一時間前に『整理整頓と先進国の少子化傾向を絡めて自由に語る』なんて台本渡されて。はぁ？　よ、まったく。しかも、『引き続き、お掃除と宇宙ゴミの関係について自由に語る』よ？　私は政治評論家でも宇宙博士でもないっつーの。なんか、私、あの人に目の敵《かたき》にされてんのよね」

「まあ……。きっと、妬みなんでは？」薬王寺が、言いにくそうに、ぼそりと呟く。

「男性が女性にいやがらせするときは、大概、妬みの心理が隠されているといわれています。なにか、心当たりは？」

「妬み？」

「なにか、妬まれるようなことは？」

ああ、もしかして、あれ？

その半年前。番組の打ち上げで税金の話になって、酔った勢いで、自分がいくら税金を支払っているのかを言ったことがある。その額は相当なもので、つまり、それだけの収入があるということがその場にいた全員にバレてしまった格好だが、まさかそのことが？

「男性の嫉妬というのは闇が深いといいますから。特に、自分より稼いでいる女性には」

薬王寺は、自分のことのように唇の端を歪めた。

ああ、この人も、男社会で、色々と苦労してんのね。亜希子の中に、なんともいえない熱いシンパシーが溢れてきた。そして、我慢できずに薬王寺に抱きついた。

「薬王寺さん、あなただけよ。今の私には、あなたしかいないの。……もう、本当に、頼りにしている。だから、私を見捨てないでね、これからも、ずっとずっとよろしくね。……私のお葬式もお願いね」

ふいに飛び出した〝お葬式〟という言葉に、一気に酔いが醒《さ》める思いだった。

そうだ。これはただの喩《たと》えでも口から出任せでもなく、ひどく現実的な課題なのだと、我ながら、思い知る。

そうだ。私は、どのみち、死ぬのだ。闘っても闘わなくても、たぶん、来年中にはこの世からいなくなるのだ。

死ぬのだ。

それまで頭では分かっていても実感がなく、だからどことなく他人事だった〝余命〟というものが、はじめてリアルな輪郭を帯びた瞬間だった。

「私、死ぬのね」

亜希子は、自分に言い聞かせるように言った。

薬王寺涼子の視線が、ふと、逸れる。

亜希子はそれを追うように、言った。

「そうよ、死ぬのよ。だから薬王寺さんも、今日はワイン、素直に持ってきたのよね。そして、がぶ飲みする私を止めようともしないのよね？」

薬王寺は、無言のまま俯《うつむ》くばかりだ。

亜希子は、その肩を揺さぶりながら、

「前の薬王寺さんなら、絶対、ワインなんて持ってこなかったはずよ。だって、私が酒癖悪いの、知っているものね。だから、前に頼んだときは、ミネラルウォーターしか持ってこなかった。でも、今夜は、素直に私のリクエストに応えてくれて、しかも、家飲み用の安ワインまで持ってきてくれて……。

……そうよ。薬王寺さんは、ただの商魂の塊なんかじゃない。トップ外商。顧客の要望をそのまま聞くんではなくて、顧客の健康、状況、環境、さらには天候まで考慮して、そして顧客本人も気付かない真の要望を察して商品をセレクトするのが仕事。だから、前は、私がいくら言ってもお酒だけは持ってこなかった。それが私にとっては毒だということを知っているからよ。どうせ、轟書房の牛島君から聞いたんでしょう？　私の酒癖を。そうよ、私は酒癖が悪い。なのに、なんで今日は持ってきたの？

……うん、分かっている。それは、私がもうすぐ死ぬ人間だからよ。どうせ死ぬんだから、今は希望を叶えてあげたほうがいいだろうって、そう判断したんでしょう？」

おっしゃる通りです。言葉にはしなかったが、薬王寺涼子の目はそんなことを言っている。

「どうせ死ぬんだから、好きなようにさせたほうがいいって、……そう判断したんでしょう？」

亜希子は、今度は自分に言い聞かせるように、繰り返した。

なんだか、自分がひどく哀れで可哀想《かわいそう》で、気の毒な人間に思えてきた。

そうだ。どうせ、私は死ぬんだ。来年の今日、私はいないのだ。

ううん、治療をすれば、なんとか生き長らえているかもしれない。でも、きっとそれは、朦朧《もうろう》とした意識の中で、おびただしいチューブにつながれて、「いつ、死ぬんだろう？」などと周りをヤキモキさせるだけの存在になるってことなのだ。そんな状態になるぐらいなら、いっそのこと、今すぐに死んだほうがいい。

そうよ。家族に、特にあの妹に、もっといえば元旦那に、無様《ぶざま》な姿だけは見せたくない。私は離婚して幸せを摑んだんだ。あんたたちよりも何倍も幸せな人生をね！

これだけが、私の生きるモチベーションだったのだから。だから、あの二人にだけは幸せな私の姿を最期まで見せつけたい。それがたとえ背伸びだったとしても、あの二人より少しでも高いところにいたいの。でなければ、私の人生、惨めすぎる。

「私、他者《ひと》に同情されるのだけは、いやなの。憐《あわ》れみを受けるぐらいなら、死んだほうがいい」

亜希子の顔は、もはや、涙とも鼻水とも涎《よだれ》とも分からぬ液体で、ぐじゃぐじゃに濡れていた。

「この性格のせいで、小さい頃から色々と面倒なことも多かったけれど、これだけは、なにをどうしたって、直らない。……分かっているのよ。バカバカしい足掻《あが》きだってことは。でもね、……それが私の生き様なんだから、仕方ないのよ」

そうなのだ。今更、「私、余命宣告されたの。でも、闘うわ。癌と闘う。だから、一緒に闘って！」などと、あの二人に頭を下げられるわけないじゃないの。お母さんだってそう。今となっちゃ、完全にあの二人に取り込まれてしまった。私のことなんて、二の次三の次の扱いだ。

分かっている。私は、もうあの家族の一員ではないのだ。仮に、余命宣告されたことを告白したとしても、あの人たちにとっては他人事に過ぎないのだ。一応、「闘いましょう、一緒に闘いましょう」なんて言うかもしれないけれど、それは表向きだけ。腹の底では「せっかく、いい感じで家庭円満なのに、面倒な問題を持ち込んで」と、舌打ちするのだろう。

それはいくらなんでも、僻《ひが》みが過ぎないかって？　そうね、そうかもしれない。いくら、今は疎遠だとしても、家族なんだもの。心から「闘おう」と言ってくれるわね。彼……洋輔さんだって、……きっと。

お母さんなんて、きっと、大はりきりで、あれこれと世話を焼いてくれるんでしょうね。あの人は、昔からそうだもの。人の世話を焼くことで、自身の立ち位置を確認しているところがある。人に尽くすことで承認欲求を満たしているのだ。十一年前、父方の祖父が死んだときがそうだった。末期癌で、どうにも手の施しようがなく、医者もホスピスを勧めたというのに、母は一人躍起になって病院を探して、そしてようやく手術をしてくれるという医者を見つけ出してきた。「これで、おじいちゃんは助かるわ！」とはしゃぐ母の頬は上気し、唇は生き生きと輝き、その姿はまるで、充実感という喜びの中で人生を謳歌する人のそれだった。しかし、祖父は死んだ。九十一歳という高齢で八時間にも及ぶ難しい手術をしたせいだと誰もが思ったが、母だけは、どこか晴れ晴れとした顔で言うのだった。「してあげられることはすべてした。おじいちゃんもきっと喜んでくれている」と。

亜希子の背筋に、なにかひんやりとしたものが流れた。

あのときの祖父の顔は、喜びなどとはほど遠い、地獄を這《は》いずり回る亡者の顔だった。人格者で温和な祖父だったのに。最期は、体中を切り刻まれてそして苦しみの中、死んでいったのだ。

母だけが、「やることはやった」と、すっきりした顔だったけれど。

「おじいちゃんは、与えられた余命を、母に奪われたようなものだわ」

亜希子の中に、わけの分からぬ恐怖がじわじわと広がる。

「私も、下手に家族に今の状態を告白したら、おじいちゃんと同じような目に遭うのかもしれない」

いやだ。それだけはいやだ。あんな顔で死ぬなんて、それだけは、真っ平よ！

「そうよ。この余命は私に与えられたものよ。お母さんのためでもなく、妹のためでもなく、ましてや彼のためでもないのよ」

亜希子は、余命宣告以降、散り散りに乱れていた感情にひとつひとつ付箋を立てるように、言い放った。

「そうよ。私は、残された時間を好きなように生きる。『癌と闘いますか？ 闘いませんか？』ですって？ 闘うわけないじゃない！ 私、そもそも、そういう熱血キャラじゃないんだから。

薬王寺さんのお父様も闘って死んじゃったのよね？ それ、闘い損ってやつじゃないの？ 世の中、そうやって、無用な闘いを仕掛けては、討ち死にさせるのよね。うちのおじいちゃんもそうだった。なんでだと思う？ それは、お金になるからよ。闘うっていうことは、消費にほかならないの。しかも、人って、闘いに使うお金ならば糸目はつけないものよ。それが、身の丈以上の出費でもね。なんでだと思う？ それは、使え、使えって、周囲が煽るからよ。そんなお金はありませんって闘うことをやめたら、『ケチだ』『根性なしだ』って罵《ののし》られるだけ。うちの母親なんて、世間からそう言われるのがいやで、九十一歳のおじいちゃんを切り刻んだようなものなんだから。すっごい、お金がかかったんだから。保険適用外の先進医療だったから、ひっくり返るぐらい請求された。で、気がついたら、おじいちゃんの口座残高はゼロ。それどころか、借金まで。闘わされて、討ち死にして、さらに借金？　なにそれ？　私は、絶対いやよ、そんなの。絶対──」

しゃべり過ぎたせいか声が掠《かす》れてきた。飲み過ぎたせいか、咽も痛い。が、もう止まらない。これだけは、言っておかなくては！

「お金が惜しくて、癌との闘いを放棄するわけじゃないのよ。お金ならあるわ。そうよ、今だったら、お金はある。だから──」

咽に、銀紙を突っ込まれたような違和感が突き抜ける。亜希子は思わず、ワインをラッパ飲みした。それには、さすがに薬王子の手が伸びてきた。

「いけません」

止めないで。言おうとしたが、もはや、声が思うように出ない。

「なら、水を、水を飲んでください」

薬王寺はキッチンに走ると、冷蔵庫からミネラルウォーターを取り出した。今となっては、私よりあなたのほうがうちの冷蔵庫には詳しいわね。そりゃそうよね。冷蔵庫の中身は、全部あなたが持ってきたものだもの。

膝に、何かがあたる。見ると、薬王寺の鞄の中から、紙束の筒が転がってきたようだ。

これ、カレンダーよね？　音にならない声で訊くと、「ええ、まあ……」と、薬王寺は、ちらりとこちらを見た。そしてミネラルウォーターをテーブルに置くと、観念したとばかりに、その筒を広げた。

デカデカと、紫色で書かれたそのロゴは、

「終活カレンダー」

しかも、きっちり、半年分。

亜希子の唇が、つい、綻《ほころ》ぶ。

さすがは、トップ外商ね。私が「闘わない」ほうを選択すると読んで、これを持ってきたのね。

ほんと、抜け目がない。

Chapter 3. 整理（2014年12月18日）

6

ところで、私がまだ幼稚園児の頃。

「鬼のパンツは、なぜシマシマなのか」論争が、園内で巻き起こりました。

「ピンポンパン体操」が、論争の元です。

「ピンポンパン体操」とは、当時の子供たちに絶大な人気を誇っていた「ママとあそぼう！　ピンポンパン」という幼児向け番組内に流れていた体操音楽です。

この体操歌は大層ヒットしまして（下手なダジャレ、すみません）、レコード売り上げ二百六十万枚だそうです。すごいですよね！　もちろん、私も欲しくて欲しくて……でも、結局、買ってもらえませんでした。ここだけの話、私、体操のお兄さんが初恋の人なんです。

さて、この「ピンポンパン体操」は、こんな歌詞からはじまります（ちなみに、作詞は、ピンク・レディーの楽曲でもお馴染みの阿《あ》久《く》悠《ゆう》先生です）。

とらのプロレスラーは　シマシマパンツ
はいてもはいても　すぐとれる

そんな歌を頭の中で口ずさみながら、幼稚園の教室でお絵描きをしていたときです。

確か、あれは、「好きな昔話を絵にしましょう」という課題だったと思います。他の女児は、シンデレラとか白雪姫とか、いかにも女の子らしい物語をチョイスしていたのに、私は「桃太郎」を選びました。

桃太郎を選んだのは、他に三人の男児。示し合わせたわけでもないのに、私を含めて四人が「桃太郎」の鬼退治の場面を描きました。そして、見事に、みな、鬼にシマシマのパンツをはかせていたのです。

それが貼り出されたとき。

私は、ふと、思いました。

なぜ、鬼のパンツはシマシマなのか。

「ピンポンパン体操」が影響していたのは間違いないでしょう。でも、「ピンポンパン体操」で歌われているのは「（動物の）とら」であって、「鬼」ではありません。

でも、私を含めて子供たちは、無意識のうちにも、「鬼のパンツはシマシマ」だと認識していました。それは、今の子供たちもそうでしょう。子供たちに「鬼」をイメージしろと言ったらまずは、頭に生えているツノ、そしてシマシマのパンツ（腰巻き）をはいた形《なり》を思い浮かべるのではないでしょうか。子供に限りませんね、日本人の大多数が、鬼といったら、頭にツノとシマシマパンツです。太陽が東から昇って西に沈むのと同じぐらい、動かすことのできない〝常識〟なのです。

でも、園児の私は、ふと、疑問に思ってしまったのです。なぜ、鬼のパンツはシマシマなのか。

「せんせい、なぜ、おには、シマシマのぱんつをはいているんですか？」

私のこの質問が、大論争のはじまりでした。

「え？」

先生の困惑した顔が、今でも記憶の隅にぼんやりと残っています。

先生の名前は、みよこ。苗字は覚えていないのですが、「みよこ先生」と呼んでいたのはよく覚えています。

みよこ先生は、私たち園児の中では「えこひいき先生」と呼ばれていました。保護者のひとりが、「あの先生、えこひいきするから、困るわ」などと話していたのをある園児が耳にし、それがきっかけで「えこひいき先生」と呼ばれるようになったと記憶しています。子供は、大人の話をしっかり聞いているものですね。子供がいるところでは、めったな話はしないが吉です。ところで、当時、私たちが「えこひいき」という意味を理解していたかどうかです。……たぶん、理解していました。

というのも、みよこ先生のひいきは、子供の目からもあからさまで、お気に入りとそうでない子の扱いに、えげつないほど、差があったのです。子供というのは、そういうところは敏感です。あれこれと心を砕いて平等に接しても、子供は、ちょっとした段差を見逃さないものです。その段差は、大人からしたら数ミリの些細《ささい》なものかもしれませんが、子供からしたら、それで躓《つまず》き転倒してしまうほどの段差なのです。

みよこ先生も、表向きは、どの園児にも公平で平等だったかもしれません。が、子供たちは、ちゃんと見抜いていたのです。自分はお気に入りなのか、それとも嫌われているのか。

もちろん、私も見抜いていました。私は、みよこ先生に嫌われていると。……嫌われているというか、煙《けむ》たがられていると。

被害妄想でも思い過ごしでもなく。なぜなら、みよこ先生は、一度も私と視線を合わせたことがないからです。視線が合ったとしても、それはせいぜい、数秒。先生は、すぐに視線を外しました。私がどんなに追いかけても、逃げるばかり。だから、私は、みよこ先生の注目をひきたかったんだと思います。こちらを見て！　と。私に注目して！　と。

私は、ちょくちょく、先生を質問攻めにしました。それが私にできる唯一の、自己表現だったからです。今思えば、それがいけなかったのかもしれません。私が質問すればするほど、先生は遠ざかっていったのかも。とんだ、悪循環。が、子供にはそんなことは分かりません。ひたすら、自己の存在をアピールするしかなく。

そんなわけで、私が「鬼のパンツはなぜシマシマなのか」という疑問をぶつけたのも、自己アピールの一環だったわけですが、これが思わぬ騒動を引き寄せてしまいました。

「そんな下品な質問は、いけません」

みよこ先生はそう言って、私の質問を撥《は》ね退《の》けました。いわゆる、問題のすり替えというやつです。

私が通っていた幼稚園はミッション系で、行儀や言葉遣いには殊更《ことさら》厳しいところがあり、みよこ先生が問題にしたのは「パンツ」という部分でした。今では「パンツ」といえば「ズボン」の意味で使うことも多いのでそれを口にしたところで「下品」と非難されることはないのですが、私が小さい頃は、「パンツ」といえば下着のパンツに限られていました。なので、それをやたらと口にしてはいけない……という風潮がありました。今でいうと、「パンティー」と同じぐらい、なにか下ネタ感があったのです。だから、件《くだん》の「ピンポンパン体操」も、うちの幼稚園ではそれを歌うことが禁じられていたほどでした。

なのに、「パンツ」と、私が堂々と言ってのけたものですから、さあ大変。

それが普通の日ならまだしも、「保護者参観日」という特別な日だったものですから、みよこ先生と私のやりとりは大勢の保護者の目の前で行なわれた格好で、その日の保護者会は大荒れだったようです。あとで聞いた話なのですが、私の質問にちゃんと答えなかったみよこ先生の教育者としての資質を問う派と、そんな質問をするような子供に育てた親が悪いんだと親に責任転嫁する派と、そもそも「ピンポンパン体操」がいけないんだとマスコミ非難に走る派とに分かれ、園長も巻き込んで大論争になったそうです。

矢面《やおもて》に立った母ですが、そのときは私にはなにも言いませんでした。ただ家の中がなにかぎくしゃくした空気に包まれていたのは確かです。そして、みよこ先生は園を辞めてしまいました。それが自分のせいであることは子供心にも理解できましたので、私は、自ら「ピンポンパン」を見るのをやめ、「パンツ」という言葉を使用することも控えました。今も、その言葉を口にするとなにかモヤモヤした気分になり、今こうやって文字にしていても、落ち着かない思いでいっぱいです。子供の頃の体験というのは、大人になっても尾を引くものですね。

さて。「鬼のパンツは、なぜシマシマなのか」問題です。これには、ちゃんとした理由がありました。ネットで「鬼　シマシマ」と検索すれば、簡単に調べることができます。いい時代になりました。私の幼稚園時代にもネットがあれば、みよこ先生も園を辞めずに済んだかもしれません。

鬼のパンツはなぜシマシマなのか。その答えは、「十二支」と「鬼門」にありました。「鬼門」というのは、その名の通り鬼が出入りする方角で、北東にあたります。方角にはそれぞれ十二支が割り当てられているのはご存じですよね。十二支の一番目「子《ね》」を北にして、以降、時計回りでそれぞれ配置されているのですが、「鬼門」にあたる北東は「丑《うし》」と「寅《とら》」にあたり、俗にいう「丑寅」といわれる方角です。「丑」はいうまでもなく牛のことで、「寅」は虎のことですね。さて、ここで牛をイメージしてください。ツノが生えていますよね？　虎はどうですか。虎といえば、虎柄、そう、シマシマです。

もうお分かりですね？　鬼が出入りするという「鬼門」の方角に割り当てられた「丑寅」にちなんで、ツノを生やして虎柄の腰巻きをした鬼のイメージができあがったというわけです。

ちなみに、このイメージはどうやら日本だけのようです。私の想像ですが、昔々の節分の折、より怖い見た目にしようと、「牛」と「虎」の造形を合体させたコスプレで鬼役に挑んだ人がいたのではないでしょうか。それがウケて定着したのかもしれません。または、今の猫耳キャラのように、牛と虎の特徴を持った鬼のキャラクターを誰かが生み出したか。いずれにしても、昔から日本人はこういう擬人化がとても得意だったのでしょうね。

あ、余談ですが。「鬼のパンツはなぜシマシマなのか」論争のきっかけとなった、「桃太郎」。「桃太郎」には、猿、雉《きじ》、犬のお伴《とも》がいますが、これも、実は「十二支」がその由来なんです。

もう、お分かりですよね？

7

「先生、僕、分からないんですけど」

そんな電話をかけてきたのは、轟書房の牛島だった。

亜希子は、三鷹のマンションに戻っていた。今、まさに、物置部屋《サービスルーム》を片付けているところだ。

十二月十八日。

二重に巻き付けたマフラーの上からさらにショールを羽織った亜希子だったが、それでも足りなかった。

寒い。とにかく、寒い。携帯電話《スマートフォン》を持つ手もかじかんでいる。

なのに、

「桃太郎のお伴は、なぜ、猿と雉と犬なんですか？」

と牛島は、呑気《のんき》に質問してきた。

彼は、きっとぬくぬくと暖かい職場から電話をしているのだろう、その声も憎たらしいほど、軽快だ。

亜希子は、エアコンを睨《にら》みつけた。

何年も使っていなかったのが原因か、グフォフォンフォフォフォンフォフォン……といかにも不穏な音を吐き出すだけで、暖かい風など吹いてくる様子はない。

外より寒いんじゃなかろうか？　なにしろ、北東向きだ。買ったときは夏だったのであまり気にならなかったが、はじめて冬を迎えた頃、そのあまりの底冷えに夫婦で慄《おのの》いたものだ。その電気代ときたら！　暖房をつけっぱなしにする日が続いたためだが、それにしたってとんでもない額で、それが元でよく喧嘩にもなった。北東が「鬼門」であることを意識したのは、まさにそれからだ。

「だから、先生、なぜですか？　なぜ、桃太郎のお伴は猿と雉と犬なんですか？」

亜希子は、この部屋に来る前に原稿をひとつ牛島に送っていた。

翌月の一月中旬に発売予定の総合月刊誌「文芸轟」。二月号ということもあり、二月にちなんだエッセイを……とリクエストされ、それで「鬼のパンツ」の件を書いてみた。二月といえば節分、節分といえば、鬼だ。そんな連想から思い付いた内容だ。

牛島からの反応はいつになく早く、「今回のお原稿はとても面白かったです。きっと去年同様、バレンタインに関することをお書きになるんだろう……と思っていたところ、まさかの、鬼ネタ。節分ですね！」と、この部屋に戻ってきてすぐに、電話がかかってきたのだった。

牛島という男は、正直なところがある。イマイチな原稿を送るとリアクションは遅く、忘れた頃に「お原稿、ありがとうございました」というメールが送られてくる。感想は特にない。

連載がはじまった頃は、それはそれはうざいほどの長いメールが送られてきたものだが、今年に入ったぐらいからどんどん短くなり、ついには、「ありがとうございました」という一文のみ。

つまり、それは、今年に入ってから亜希子の原稿がどんどん劣化していることを意味し、亜希子もそれは自覚があった。我ながら、焼き直しのネタばかりでまったく面白くないと。

焼き直しでもその作風に芸なりオリジナリティなりがあれば〝定番〟となり、「サザエさん」や「笑点」のように長く愛されるコンテンツになるかもしれないが、自分がそんな〝定番〟になるとは、到底思えなかった。たまたま初めての本が運よく売れただけで、実は自分には文才はないんじゃないかと、そんな疑いも持ちはじめていた。このままじゃ、すぐに仕事がなくなる。そう思い、テレビや講演の仕事を増やしてきたところでもあった。

……いや、逆だ。テレビや講演の仕事を増やしたせいで、執筆のほうが疎《おろそ》かになってきたのだ。事実、コストパフォーマンスのことを考えると、テレビや講演のほうが桁違いにいい。エッセイの執筆は、どんなに取材したとしてもどんなに時間をかけたとしても、原稿用紙一枚、せいぜい一万円だ。ひどいときなんか五千円のときもある。一枚五千円で五枚のオーダーだとしたら、二万五千円。それを三日かけて書いたとして。仮に一日四時間、三日で十二時間だとして。時給にしたら二千円とちょっと。取材費で赤字になることも多い。一方、講演会は一時間半でウン十万円。テレビ出演も、文化人扱いなのでそれほど多くはないがそれでも一番組ウン十万円。……エッセイをまとめた本が売れれば印税というボーナスが期待できるが、それでも、テレビや講演のほうが遥《はる》かに効率的に稼げる。ああ、バカバカしい。……などと金勘定をしだした頃から筆がのらなくなった。それと比例して、本の売り上げも落ちてきた。だから、ますますテレビ・講演に気持ちが傾いていき……の悪循環。

「そうやって、タレント業にシフトして結局は消えていく人も多いのよ。本業は大切

にしたほうがいい。本業あってのタレント業よ」などと忠告してくれる人もいたが、
それでも、「書く」ことへの情熱が冷めていくのを止めることはできなかった。

が、命のカウントダウンがはじまった今、旺盛な執筆意欲が復活した。

だって、私にはもう半年しか残っていない。

そう思うと、腹の底から猛烈な執筆意欲が湧いてくるのだ。意欲というか、執着なのかもしれない。〝自分〟という存在をこの世に刻むための、最後にして最大の執着。

「だから、先生、なぜ、猿と雉と犬なんですか？」

牛島の執拗《しつよう》な質問に根負けした形で、亜希子はぶっきらぼうに答えた。

「十二支を、最初から言える？」

「そりゃ、もちろん」

「じゃ、言ってみて」

「子、丑、寅、卯《う》……未《ひつじ》、申《さる》、酉《とり》、戌《いぬ》」

「ストップ」

「え？」

「今のところ、繰り返してみて」

「今のところ？」

「未から先」

「えーと。申、酉、戌……」

「そう、それ」

「え？」

「申、酉、戌。つまり、猿、鳥、犬」

「……え？」

「だから。桃太郎のお伴でしょう。猿、鳥、犬は」

「あ！　ほんとだ。……あ、でも、酉って、鶏《にわとり》のことでは？　なんで雉なんですかね？」

「古来、日本では、鳥といえば雉なのよ」

「ああ、なるほど！　……つまり、桃太郎のお伴は、十二支の三つから来ているんですね？　でも、なぜ、この三つなんですか？」

「桃太郎は、鬼退治するのが目的でしょう？　エッセイでも書いた通り、鬼は鬼門、つまり丑寅の方角にいる。で、鬼門の正反対にあたるのは裏鬼門。つまり南西の方角。その方角にあたるのが『申』で、続いて、酉、戌。つまり、鬼に対抗するには、猿と雉と犬が必要だったってわけなの」

「はぁ、なるほど、なるほど！」牛島は、いかにも嬉しそうに声を上げた。そして、

「この回答も、原稿に盛り込みませんか？」

などと、無茶を言ってくる。枚数は決まっているのだ、その上で追加となると全体的に見直す必要がある。

亜希子は、カレンダーを見た。薬王寺涼子が持ってきた終活カレンダー。もう一枚所望して、この三鷹の部屋にも貼り付けてみた。より、自分を追い込むために。

そのカレンダーには半年後の臨終に向けて、しなければならない項目が大雑把に書き込まれていた。十二月から一月は身の回りの整理……二月は資産の整理……といった具合に、そのスケジュールが分かりやすく刻まれていた。それを書いたのは薬王寺だが、ところどころ、亜希子自身が書き込んだものもある。例えば、「十二月中に三鷹の家を整理すること」という書き込み。三鷹のマンションのことは薬王寺にも詳しくは伝えていない。なにしろ、この有様だ。この部屋だけは、自分の手でなんとかしなくてはならないのだ、自分だけの手で！

しかし、それは、想像を絶する苦難の道だった。一週間もこうやって片付けているのに、一向に物が減らない。……こんな調子で、私はその臨終の日を無事に迎えることができるんだろうか？

「先生、回答まで、書きましょうよ」

なのに、牛島は軽快な声で、そんな無理を言う。牛島には、癌のことも余命のことも言っていない。牛島だけでなく、薬王寺涼子以外の人間には、まだ伝えていない。

言えばきっと、腫れ物に触るように扱われるだろう。それだと、「闘わない」という決断をした意味がない。亜希子の理想は、いつもと変わらぬ日常の中で静かに息を引き取る……という最期だ。

「ねえ、先生、聞いてます？」

特に、この牛島だけには知られてはならない。このお祭り男に知られたら、大変なことになる。

「だから、その回答は読者に委ねたほうがいいと思うよ？」

と、答えたところで亜希子の視界に、「注目！」とばかりにダンボール箱が飛び込んできた。

携帯電話《スマートフォン》を耳に当てたまま、亜希子はその段ボール箱をまじまじと見つめた。

オレンジとグリーンが配された箱で「ニラ」などというロゴが入っている。スーパーの売場の角にこっそりと立てかけられている類《たぐ》いの箱だった。

なんだったろう？　とよくよく見てみると、マジックでなにかが書かれている。それは母の筆跡で、「思い出」という文字の下に、小さく「亜希子」と書かれていた。

ああ！　そういえば。

記憶が反応した。

この部屋を買ってすぐの頃、母が送ってきたものだ。当時、父の具合が悪く、母も情緒が安定せず、「どうしよう、どうしよう」などと、しょっちゅう電話をよこしてきた。あるときは、「私はなにかに取り憑《つ》かれている！」と、タクシーを飛ばしてこの部屋まで来たこともあった。……あの頃は、本当にひどかった。どちらかというとのんびり派の母だったのに、すっかり不安という妄想の虜《とりこ》になっていた。

しかし、母の不安もいたしかたないものだった。なにしろ、父が糖尿病と心臓疾患で入退院を繰り返していた時期でもあり、しかも、リフォーム詐欺にも遭って、結果、三百万円、失った。

そう、見事に不幸の連鎖にハマってしまったのだ。

偶然引き起こされたたった一つの不幸のせいで、人には脆弱《ぜいじゃく》ポイントができてしまう。そのポイントを突いて、不幸という魔が次々と攻撃してくる。これが不幸の連鎖だ。……と言っていた人がいる。母の場合は、それは父の不調で、「お父さんが死ぬかもしれない」という不安が、詐欺師に付け入る隙を与えてしまい、「ゆくゆく寝たきりになったときのために、バリアフリーにいたしましょう。今なら、半額です」などという、いかにも甘い言葉にころりとやられてしまったのだ。

結果、粗悪なリフォーム工事の末、かえって家はがたがたになり、建て替えを強いられたわけだが、そのとき送られてきたのが、この「思い出」と書かれた箱だった。

「私はもうダメかもしれない。お父さんはあんなだし、家はがたがただし、美奈子ちゃんは頼りにならないし。……だから、あんたの私物、今のうちに送っておく。あんたが赤ちゃんのときから中学校までのいろんなものが入っているわ。今までは私が保管していたけれど。でも、もう、私はダメだわ。きっと、長くない。……私になにかある前に、あんたに返しておく」

と、今にも死にそうな電話をしてきたその翌日、この箱が宅配便で送られてきたのだった。

しかし、当時の亜希子はこの箱を開けることなく、収納棚に押し込んでしまった。解梱《かいこん》したら、母の不吉な予言があたってしまう気がしたからだ。

「先生？　どうしました？」

そんな声がして、亜希子ははっと、携帯電話《スマートフォン》を握り直した。

「ですからね、先生。申、酉、戌についてもですね、言及しておきましょうよ」

それどころじゃないのよ。私にはね、時間がないの！　と言ったところで、「なぜですか？」と質問されても困る。このお祭り男にだけは、余命のことを知られてはならない。

「分かった。じゃ、ちょっと書き直してみる」亜希子は、呆気《あっけ》なく折れた。

「本当ですか？」

「明日中で大丈夫？　明日の……夜の八時ぐらいまで、待てる？」

「はい、大丈夫です。お待ちしております」

＋

段ボール箱を開けると、……シングルレコードがあらわれた。俗にいうドーナッツ盤。その色褪《いろあ》せたジャケットには、「ピンポンパン体操」のロゴ。

「なんで？　なんで、このレコードが、ここに？」

それは、「ピンポンパン体操」のシングルレコードだった。ジャケットには、初恋の人、体操のお兄さん。……シンペイちゃんもいる。

眼鏡をかけると、亜希子は天井を仰いだ。なにか難しい局面にぶち当たったときの、いつもの癖だ。

……ちょっと、待って。なんで、私が持っているの？　私、このレコード、買ってもらえなかったはずよ。欲しくて欲しくて、レコード屋の前で泣き叫んでみたけれど、無駄だった。そうよ。あのときの光景は今もよく覚えている。あのとき、「他のを買ってあげるから」と、母に買い与えられたのは「リンカーン」の偉人伝だった。「アメリカの偉い人よ」と微笑む母。が、その本のカバーに描かれた髭《ひげ》もじゃのおじさんは、まったくタイプではなかった。私が好きなのは、体操のお兄さんなのに……。そのせいか、今もリンカーンという名前を聞くと、もっといえば髭もじゃの男性を見ると、なんともいえない悔しさと切なさがこみ上げてくる。

だから、私がこのレコードを持っているはずがないのだ。なのに、なぜ？

うん？

レコードジャケットの右端、なにかうっすらと文字が見える。

亜希子は眼鏡を外すと、目を近づけてみた。

うん？

それは、鉛筆で書かれた文字だった。いかにも子供の字だ。

「やなぎまちみき」

うん？

やなぎまちみき？

やなぎまち……みき？

ああ、みきちゃん！

それは、突然の邂逅《かいこう》だった。なにしろ、今の今まですっかり忘れていたのだから。

が、思い出したとたん、まるでさっきまで会っていたかのように、鮮明に記憶が蘇った。その匂い、その体温、その声まで、鮮明に。こういうとき、つくづく、記憶の不思議を思う。もう四十年以上会っておらず、しかも忘れていたのに、記憶が結ばれるやいなや、時系列なんか吹っ飛ばして、まるですぐそこにいるような実感すら伴って、クローズアップされるのだから。

――やなぎまちみき。……確か、「柳町美樹《やなぎまちみき》」と書いたはずだ。

そう、どちらが正しく自分の名前を漢字で書けるかを競争したことがある。美樹ちゃんが、「わたし、漢字がかけるんだよ」と自慢してきたのがきっかけだ。

「ああ、そうだった。私たち、幼稚園では組は違ったけれど、同じお習字教室に行っていたんだ」

そのお習字教室では亜希子のほうが先輩だったが、あとから入ってきた美樹ちゃんのほうが先に漢字の練習に入った。自分はようやくカタカナに進んだところなのに。

「わたし、漢字がかけるんだよ」

美樹ちゃんは、嬉しそうに、何度もそう言った。

「なら、じぶんのなまえ、漢字でかける？」だから、私も負けじとそう返した。

「あきこちゃんは、じぶんのなまえ、漢字でかけるの？」

美樹ちゃんも負けていない。

練習はしていた。が、なかなか正しく書けなかった。なのに、「うん、かけるよ」などと、私は啖呵《たんか》を切ってしまった。「つぎのおしゅうじきょうしつのときに、かいてあげるよ」

それから猛練習した。「海老名亜希子」。なんで漢字が六個もあるんだ！　と親を恨みながら。

「私の負けず嫌いは、昔からだったもんな」

亜希子の口元からふと、笑いが漏れる。

でも、この性格のおかげで、人一倍努力した。いや、自らハードルを上げてしまうので、努力せざるを得なくなるのだ。我ながら、面倒な性格だ。

しかし、美樹ちゃんもまた負けず劣らず、負けず嫌いだった。

「そうそう、美樹ちゃんも、次のお習字教室のとき、漢字で自分の名前を書いて私に見せにきたっけ」

しかし、亜希子は勝ち誇ったように言って退けた。

「なんだ。漢字、よっつしかないんだね。だったら、わたしのかちだ！」

つくづく、私は負けず嫌いだ。我ながらおかしくなる。ああ、本当に、誰に似たのかしら？　お父さん？　お母さん？　ううん、二人ともどちらかというとおっとり派だ。じゃ、干支のせい？　辰年《たつどし》は勝ち気だって、誰かが言っていた。美樹ちゃんだって辰年だし、そういえば、小学校も中学校も高校も、クラスメイトはみな負けず嫌いだった。そのせいで、なんだかんだと事件が勃発《ぼっぱつ》したものだわ！

そうそう、幼稚園のときだって——

ふと視線を上げると、そこには、姿見に映った自身の姿があった。

なにか、楽しげに笑っている中年の女がひとり。

こんな無防備な顔、随分とご無沙汰だった。そうか、私、こんなふうに笑うんだったっけ。……忘れていた。いつ頃からだろう、笑うときも他人の視線を意識するようになったのは。テレビに出るようになってから？　離婚してから？　……ううん、もっと前だ。もっともっと前から、私はこんなふうに笑うのを封印してきた。そう、あのときから。

「幼稚園のときは、なんだかんだ言って、楽しかったな」

亜希子は、ひとりごちた。

「一日中、笑い転げていた。とにかく、毎日が楽しくて仕方なかった」

たぶん、人生に幸せのピークというのがあったとしたら、あの頃だったのかもしれない。そう思ったとたん、鏡の中の自分がみるみる泣き顔になっていく。

と、同時に顔がかぁぁあっと熱くなり、体中から汗が噴き出す。たまらず、手にしていたレコードを放り投げ、首に巻いたマフラーと羽織ったショールを体から剝がすも、それでもおさまらず、眼鏡を床に投げつけると、失神するようにその場に蹲《はいつくば》った。

……嵐が去ったのは、それから数分後だった。かつての母が不安という妄想の虜《とりこ》になったのと同じように、自分もまた、モヤモヤとイライラとハラハラの竜巻に、突然飲み込まれてしまう。どうもうちの家系は、更年期の症状がメンタルにくるようだ。

それにしても、長い。母は四年ほどで更年期を抜け、元ののんびりとした人格に戻ったが、私はもう彼此《かれこれ》、九年はこんな感じだ。

亜希子はゆっくり立ち上がると、床に散らばったマフラーとショールを拾い集め、それを再び体に巻き付けた。

鏡の中の自分は、いつもの不機嫌な顔に戻っている。すっかり、この顔が定着してしまった。この顔のせいで「鬼のスパルタお掃除おばさん」なんて、ネットでは呼ばれているほどだ。

でも、私だって、以前は天真爛漫《てんしんらんまん》に笑っていた時代があったのだ。

亜希子は、レコードを拾い上げた。

+

「あら、亜希子ちゃん。あなたから電話なんて、珍しい」

母が、のんびりと言った。「で、どうしたの？」

「ね、〝やなぎまち〟さんって覚えている？」

「え？　やなぎまちさん？」

母は、鸚鵡《おうむ》返しで訊いてきた。

「そう、柳町さん」だから、亜希子も繰り返した。「木偏の〝柳〟に、麹町《こうじまち》の〝町〟に……」

「ああ、美樹ちゃん？ 〝美〟しい、〝樹〟と書いて、美樹ちゃん？」

「そうそう、その子」

「あら、懐かしいわね。あなたとは、お習字教室で一緒だったわよね」

「覚えている？」

「うん、もちろん。あなたがハト組で、美樹ちゃんはスズメ組。組は違ったけれど、あなたたち、よく一緒に遊んでたわよね。とても、仲良しさんだった」

「そう……だっけ？」

「そうよ。そもそも、お習字教室に美樹ちゃんを誘ったのも、あなたじゃない」

「そうだっけ？」

「あら、いやね。覚えてないの？」

「うん、……実は、あんまり」

「そうなの？ あんなに、仲良かったのに。あなた、美樹ちゃんがお引っ越しするとき、わんわん泣いて、大変だったんだから」

「美樹ちゃん、引っ越したんだっけ？」

「そうよ。小学校に上がるちょっと前に」

道理で、記憶がそこで途切れているはずだ。

「今は？　今はどうしているの、美樹ちゃん」

「どうして？」

「うん、ちょっとね。……部屋を片付けていたら、美樹ちゃんのものが見つかって」

「部屋を片付けているの？　……三鷹の部屋？」

「うん」

「どうして？　売るの？」

このまま母の質問に答えていては、うっかり余命のことまで白状させられそうだ。

「ピンポンパン体操」

亜希子は、話の進行を少しだけショートカットした。

「『ピンポンパン体操』って、覚えている？」

「ピンポンパン……ああ、テレビ番組の？」

母の言葉が、気のせいか濁った。

「あなた、好きだったわよね、ピンポンパン。番組を見ながら、よく踊ってた」

「うん。ピンポンパン体操のレコードが欲しくて。でも、買ってもらえなくて」

「え？　いやだ、買ってやったじゃない」

母の声が、突然大きくなった。「覚えてない？　あなたが、あまりにレコード屋で泣き叫ぶから、買ってやったのよ」

「嘘、嘘よ、絶対、違う」

亜希子も、母に負けじと声を張り上げた。そして、今一度、記憶をトレースしてみる。

駅前のレコード屋。泣き叫ぶ私。困惑する母。……「リンカーン」の偉人伝をつまらなそうに捲《めく》る私。

「そうよ、レコードの代わりに本を買ってもらったのよ。リンカーンの本」

「リンカーン？　アメリカ大統領の？　人民の人民による……の人？　そんな本、買ったかしら？」

「お母さんが思い違いしているだけよ。私、間違いなく、レコードは買ってもらってない」

「そう？　じゃ、私の思い違いかしらね。……で、ピンポンパンがどうしたって？」

「だからね、部屋を整理していたら、お母さんが前に送ってくれた箱が出てきて。その中から、『ピンポンパン体操』のレコードが出てきたのよ」

「ほら、やっぱり、買ってやったんじゃない」

「違う。私のじゃない。美樹ちゃんの。柳町美樹ちゃんのレコードよ。だって、名前が書いてあるもん」

「名前が？」

「そう、だから、美樹ちゃんのレコードなの。どうして私が持っているのか、分からないけれど。……で、返したいんだけど」

「でも、もう、いいんじゃない？　もう四十年以上前のことじゃない。あちらだって忘れているわよ」

「でも、それじゃ、なんだか気持ちが悪い。人に借りっぱなしのままだなんて」

「でも、今まで放っておいたんでしょう？　なんで、今になって？」

のんびり派の母だが、ときどき、こういう鋭い質問を繰り出してくる。

「今だからよ」亜希子は答えた。「思い立ったときにやらないと、またこれから先も放置してしまうでしょう？　お母さん、昔、よく言っていたじゃない。思ったときが一番のタイミングだって」

「まあ、そうね。思ったときにやるのが一番ね。なら、インターネットは？　今は、インターネットで、そういうのすぐに検索できるんでしょう？」

実は、それはもう試みた。ありとあらゆるＳＮＳで検索をかけてみたが、「柳町美樹」でも「やなぎまちみき」でもヒットしなかった。

「……ああ、そうそう、クニモト先生ならご存じかも。美樹ちゃんのこと」

「クニモト……先生？」

「お習字教室の先生よ。覚えてない？　クニモト先生」

「ああ、国元《くにもと》先生」小学校を卒業するまでお世話になった先生だ。が、私が中学校に上がる頃に、北海道にお嫁に行ったんじゃ？

「ところが、二年前、こっちに戻ってきたのよ。離婚したみたい。それで、また、お習字教室をはじめてね。今、たっくんを教室に通わせているの」

〝たっくん〟という部分で、母の声が恋する乙女のように甘く蕩《とろ》けた。まあ、母にしてみれば、恋人のようなものなのかもしれない。なにしろ、初孫だ。

姿見の中の自分の顔が、険しく歪む。我ながら、まさに〝般若《はんにゃ》〟のようだ。どんなに取り繕ってもどんなに笑みを作っても、この般若顔を隠すことはできない。名前を聞いてもこれだから、実際に会ったらどんなことになるんだろう？　だから亜希子は、甥《おい》である〝琢磨《たくま》〟に、いまだ会うことを避けている。誕生日のプレゼントを送るのが精一杯だ。

「お習字教室に通わせているの？　でも、あの子、まだ三歳じゃない」

何気なく会話を繋げたつもりだったが、声の震えを抑えることはできなかった。しかし、母はそんな亜希子の変化など気付かぬ様子で、続けた。

「なに言っているの。今は、〇《ゼロ》歳からお稽古ごとを習わせるのが当たり前の時代よ。

それに、たっくんはね、凄いのよ。お習字だけじゃなくて、英語、水泳、ピアノ、どれも、ものすごく上達が早いの。天才なのよ」

これ以上聞いていたら、またもやあの竜巻がやってくる。亜希子は「あ、なんか、キャッチが入ったみたい」などと、使い古された手口でその電話を切った。

と、同時に咽に灼《や》けるような違和感を覚えた。

+

白い手が浮いている。

誰？

しかし、返事はない。

白い両の手が、ゆっくりと、しかし明確な意志をもって、こちらに向かっている。

だから、誰？

相変わらず返事はなく、そして、その手はとうとう、亜希子の首をとらえた。

苦しい。……熱い。呼吸ができない。やめて、やめて、……早く、その手を離して！　今すぐに！

離して！

自分の声に驚かされる形で、亜希子は眠りから覚めた。鼓動が速い。

ここは、どこ……だっけ？

ああ、そう。三鷹の部屋。

壁時計を見ると、午後四時半になろうとしている。

なんだ。まだ、十分も経っていない。

亜希子は、亀が頭をもたげるように、ゆっくりと体を起こした。

突然の咽の痛みに耐えられず、このソファに倒れ込むように横になったのは、午後四時二十分過ぎだった。倒れ込むとき、この部屋の中で唯一、健気に自身の務めを果たしている壁時計の針を確認したのを覚えている。

窓の外が暗い。さすがに、十二月も後半にさしかかると、日没が早い。

あれ？　そういえば、なんだか暖かい。

見ると、エアコンのルーバーが優雅に上下運動している。どうやら、あそこから暖かい風が送り込まれているようだ。……いつのまに、直ったのか。直ったとなると、このエアコンはいい仕事をする。なにしろ、当時で三十万円した、業務用エアコンとほぼ同スペックの最上位機種だ。その証拠に、この部屋はまるで初夏のそれだ。

亜希子は、首に巻いたマフラーをゆっくりとほどいた。首に触ると、そこには素人でも分かるほどの大きなしこりがある。それは実感できるほど、日々、成長していた。たぶんそれが悪さをしているのだろう、ふと、呼吸が苦しくなったり、咽に灼けるような違和感を覚える。が、長く続くことはなく、こうしてちょっと横になっていれば治まるものだった。

そんな数分間の不具合を除けば、今の自分はまったくの健康体だ。更年期でメンタルがぞわぞわするものの、それも一過性のもの。

……本当に、自分は半年後には死んでしまうのだろうか？　とても、そんな実感はない。もしかして、なにかの間違いなのではないか？　そう、あのエアコンのように、一見故障していると見せかけて、実は、まったくなんの問題もないんじゃなかろうか？

それにしても。変な夢を見た。殺されそうになる夢だ。誰かに首を絞められた。

「あれは、誰だったんだろう？」

亜希子は、その人物の造形をトレースしてみた。初めて見る人だ。でも、懐かしい感じもする。……美樹ちゃん？

亜希子が、唐突にそう思い当たったのは、いうまでもなく、「ピンポンパン体操」のレコードジャケットのせいだった。そこに書かれた「やなぎまちみき」という文字。

亜希子は、床に放り出されたままのそれを、拾い上げた。……なんだろう。これを見ると、なにか、胸の奥にちくちくと痛みが走る。それは、後ろめたい秘密を隠すときの、なんとも収まりの悪い動悸《どうき》に似ている。例えば、校則で禁止されている口紅をそっと隠し持って学校に行ったときのような。例えば、仮病をつかって仕事をズル休みしたときのような。例えば……。

そして、怒濤《どとう》のように記憶が反応した。

「違う」亜希子は声を上げた。「この文字、美樹ちゃんが書いたんじゃない！」

亜希子は、誰かに訴えるかのようにさらに声を上げた。

「だって、〝やなぎまち〟じゃない。美樹ちゃんの名字は、〝やなまち〟だったはず！」

しかし、当時、誰もが「やなぎまち」と間違えたまま、美樹ちゃんのことを呼んでいた。母も、「〝やなぎまち〟さん」と呼んでいたはずだ。先方も、もう諦めていたのだろう、間違えられてもいちいち訂正していなかった。美樹ちゃんも同じだった。が、あれはいつだったろうか？　そう、美樹ちゃんと漢字で名前を書く競争をしていたとき。

「わたしの名前は、〝やなまち〟だからね！」としつこく念を押されたことがある。そのときは「わかった」と頷いたものの、次の日には忘れてしまったが。

だから、このレコードは、美樹ちゃんのものであるはずがないのだ。だって、本人が「やなぎまち」なんて書くはずもないからだ。

……じゃ、いったい、誰のレコード？　もしかして、やっぱり、私のレコード？　仮にそうだとして、なんで、私、美樹ちゃんの名前を書いたの？

あ。

亜希子の記憶が、うねるように反応した。

……このレコード、やっぱり、私のだ。私が、母に買ってもらったものだ！　買ってもらったときのシーンがありありと、網膜の奥に再生される。

駅前のレコード屋。エプロン姿の母。棚からレコードを引き抜く私。

それがトリガーになったのか、塞《せ》き止められていた記憶が次から次へと溢れ出てきた。

……そう。その日、私は風邪をひいて幼稚園を休んでいた。三日ほど寝込んでいたが、その日の午後は体調も戻り、母と一緒に駅前の商店街に買い物に出かけた。レコード屋。前にねだったときはダメだったが、今一度ねだってみると、病み上がりということもあり、母は優しかった。そして、念願の「ピンポンパン体操」のレコードを買ってくれた。

+

「……どちら様ですか？」

その声はどこか警戒していた。が、亜希子の記憶はさらに鮮明になった。ああ、国元先生！　小学校を卒業して以来会っていないのに、その声はすぐに分かった。この声に褒められたくて、お習字教室に通ったものだ。憧れの先生だ。美人で、いい匂いがして。

「先生！　私です、海老名亜希子です」

昨日も今日も顔を合わせた親しい知人に対するように、亜希子は声を弾ませた。

「……あきこ……さん？」

「はい、そうです。海老名亜希子です」

「ああ！　亜希子ちゃん！」国元先生の声にも、ようやく親しみが注ぎ込まれた。「亜希子ちゃん、ご活躍ね！　私、あなたの本、ずっと読んでいるのよ」

「私の本を？　ありがとうございます！」

「で、今日はどうしたの？　こんな時間に。……私の電話番号、どうやって？」

「母に聞いたんです。先生が横浜に戻ってきていて、またお習字教室をしているって。

うちの甥っ子がお世話になっているって」

「そうなのよ。たっくん、あの子はとてもいい子だわね。賢いし。先月は、県のコンクールで特別賞を貰ったのよ」

「……そうですか」

「ご両親もとても喜んでらした。特に、お父さん。見ているこっちが嬉しくなるぐらい、子煩悩なお父さんで……」

しかし、国元先生はそこで言葉を止めた。琢磨の父親が、もともとは亜希子の夫だということを知っているのか、その中断はあまりに不自然で、しかも、「あはははは」と突然、笑い出す始末だ。その心遣いが痛々しくて、亜希子は単刀直入に訊いた。

「柳町《やなまち》美樹ちゃんのこと、覚えています？」

「美樹ちゃん？ ……もちろんよ」

先生の声が、少し沈んだ気がした。しかし、気づかぬ振りで亜希子は続けた。

「美樹ちゃん、今、どうしているか、ご存じですか？」

「え？」

「実は、今、部屋を整理していたら美樹ちゃんのことが無性に懐かしくなって。どうしているかなって。……美樹ちゃん、引っ越したあとも国元先生と懇意にしていたって、母から聞いて」

「ええ、そうなの。美樹ちゃん、引っ越したあとも書道を続けていてね。それで、離れてはいたんだけれど、なんだかんだと連絡し合っていたのよ。……最近までね」

「美樹ちゃん、どうしてます？　元気にしてますか？　よかったら、連絡先、教えてほしいんですけれど」

「どうして？」

「どうしても、謝っておきたいことがあって」

「謝りたい？」

「ええ。……私、思い出したんです。幼稚園の頃、美樹ちゃんにレコードを上げると約束しておきながら、結局渡せなかったことを」

そう、亜希子は思い出していた。母から聞いた。美樹ちゃんが引っ越すと聞いたのは、引っ越しの前日だった。突然のことで、わんわん泣いたことも鮮明に思い出した。

「前日？」国元先生は、含みがあるように少し間を置きながら言った。「そう、前日に知ったの？　美樹ちゃんの引っ越し」

「そうなんです。本当に突然で。だから、私、美樹ちゃんちに電話して、言ったんです。『レコード、あげる。ピンポンパン体操のレコード、あげる』って。それで、私、買ってもらったばかりのレコードに美樹ちゃんの名前を書いて、美樹ちゃんちまで持っていったんです。でも、間に合いませんでした。まるで泥棒が入ったかのように家は荒らされてて。美樹ちゃんたちはいなくて。翌日に引っ越すって話だったのに。予定が早まったみたいで」

国元先生の反応は、少々意外なものだった。「亜希子ちゃん、その引っ越しのこと、誰かに言った？」

「え？　……どうだったかしら」さすがに、そこまでは覚えていない。美樹ちゃんにレコードを持っていったことすら、さっきまで忘れていたんだから。

「忘れていたのは、たぶん、幼いながらにも罪の意識があったからでしょうね」

「え？」

「亜希子ちゃんは、たぶん、美樹ちゃんの引っ越しのことを誰かに言ったのよ。それで、美樹ちゃんちは、予定を早めて引っ越ししなくてはいけなくなった」

「どういう……ことですか？」なにか不穏な展開に、亜希子の心臓が痛いほどに暴れ出す。

「……美樹ちゃんちね、ただの引っ越しじゃなかったの。簡単にいえば、夜逃げ」

「夜逃げ！」自分の声に驚いて、亜希子は咄嗟に周囲を見回した。そして声を潜めると、「夜逃げって、どういうことですか？」

「美樹ちゃんち、商売されていたでしょう？」

ああ、そういえば。どんな商売かは知らないが、父親が「社長」だということは、母に聞いたことがある。

「……二回続けて、不渡りを出してしまったらしくて。つまり、それは〝倒産〟を意味するのよ。それで、急遽《きゅうきょ》、家を出ることになって」

「そうだったんですね」亜希子は、なんともいえない気分で体をソファに沈めた。「でも。夜逃げなのに、なんで、うちの母親、知っていたのかしら。引っ越すことを」

「そりゃ、だから」国元先生は言葉を濁した。「亜希子ちゃんのお父さんが、銀行員だからよ」

「あ」亜希子は、反射的に腰を浮かせた。「まさか、美樹ちゃんちのお父さん、うちの父の銀行から融資を？　アオイ銀行から？」

「そうみたいね。聞いた話だと、アオイ銀行の行員が夜逃げを手配したみたいよ。美樹ちゃんのお父さん、いろんなところから借金していて、債権者も沢山いたみたいで。家も複数の抵当権がついていて、そのまま放っておいたらアオイ銀行の融資が不良債権化してしまう。だから、夜逃げを手伝うのを条件に家を押さえたみたい。……まあ、詳しいことは分からないけれど、いずれにしても、あなたのお母さんは美樹ちゃんの引っ越しを知る立場にあったみたいね。でも……」

国元先生は、再び、言葉を濁した。

……あ、もしかして。美樹ちゃんちが、予定より早く引っ越してしまったのは、私のせい？　記憶の奥に、ちくちくとした痛みが走る。亜希子は、目頭を押さえた。

……そうだ、わたしのせいだ。だって、お母さんがこんなことを言った。

「あなた、美樹ちゃんちのこと、誰かに言った？」

うん、言った。

「誰に？」

駄菓子屋のおばさんと、牛乳屋のおじさんと、八百屋のおにいさんと、……あとは背広を着た知らないおじさんに。

「あんた、本当におしゃべりね。なんで人に話してしまうの、美樹ちゃんのこと。あなたのせいで、美樹ちゃんとこ、大変だったのよ。怖い人が乗り込んできて」

わたしのせいで、美樹ちゃんが？

「そうよ、あんたのせいよ。あんたのせいで、美樹ちゃんとそのご家族は、着の身着のまま、家財道具もそのままで、あの家を出ることになったのよ」

きのみきのまま。この意味は分からなかったが、非常事態であったことは子供ながらにも理解できた。美樹ちゃん一家は、家財道具もそのままに逃げ出さなければならないほどの窮地に立たされたのだ。

「そうよ。あんたがべらべら言いふらすから、あのご家族は不幸になったのよ」

亜希子は、母親に責められながら体中がかっかと熱くなるのを感じた。

わたしのせいで、美樹ちゃんちは、〝きのみきのまま〟、逃げ出した。わたしのせいで、美樹ちゃんちは……不幸になった。

それは、小さな心では受け止め切れないほどの、あまりにも重たい悔悟《かいご》だった。このあと熱が出て寝込んでしまうほどに。そして目覚めたときには、この一連の出来事をすっぽり忘れてしまうほどに。

だから、この〝ピンポンパン体操〟のレコードの存在も今日まで忘れていたのだ。

「そういうことなら、なおさら、美樹ちゃんに連絡をとらなくちゃ」亜希子は言った。「美樹ちゃんに、謝らなくちゃ！」

亜希子の目から、ふいに涙がこぼれ落ちる。幼い頃の出来事だったとしても、私の心ない行動のせいで、ひとつの家族の運命を変えてしまったのだ。こんな汚点を残して死ぬわけにはいかない。美樹ちゃんに直接会って、許してもらわなければ。

「亜希子ちゃんが、そんなに思い詰めることないわ。だってどのみち、あの一家は夜逃げする予定だったんだし。それが、一日早まっただけなんだし」

「それでも、私が余計なことを言わなかったら、美樹ちゃんたちはあんなふうには引っ越さなかったはず。ほんとに酷い有様でした。知らないおじさんたちが何人かで、美樹ちゃんちにあるものを物色していたんです。あれは、たぶん、債権者たちだったんだと思います」

「そう、債権者たちが突然乗り込んできて、家にあるものを片っ端から……」

「ほら、やっぱり！　なら、私、謝らないと」

「でも、それは亜希子ちゃんのせいではないわ。だから、気にすることはないのよ。美樹ちゃんだって、それは気にしてなかった。それよりも……」国元先生の声が、また濁った。「美樹ちゃんが気にしていたのは、亜希子ちゃん、あなたの今のお仕事よ」

「え？」

意外なことを言われて、亜希子の肩に変な力が入った。

「美樹ちゃん、あなたの本も、そして雑誌に連載しているエッセイも、全部読んでいたのよ。あなたが出演しているテレビ番組も、欠かさず見ていた。録画までして」

「……そうだったんですか？　なら、連絡してくれればよかったのに」

「なぜ、そこまであなたのことを追いかけていたか、分かる？」

「懐かしかったから？」

「違う」国元先生の声が、突然、尖った。「亜希子ちゃんに、昔のことを書かれるんじゃないかって、とても心配していたからよ」

「え？」

「亜希子ちゃん、割と身近な人をネタにしてエッセイを書いているでしょう？　ご家族のこととか友人のこととか、……元旦那さんのこととか」

控えているつもりだが、確かにネタに詰まったときは、つい、身近な人を題材にしてしまうところがある。

「だから、美樹ちゃん、いつか自分のこともネタにされるんじゃないかって、とても心配していたのよ」

「……どうして？」亜希子の鼓動は、もはや、病的に乱れていた。

「だって、美樹ちゃんのお父さん、殺人罪で服役なさって。……塀の中で亡くなったでしょう？」

「え？」

そのとき、亜希子の記憶は今度こそ正しい時系列と正確なディテールをもって、再現された。

荒らされた美樹ちゃんの家。そこにドカドカと入り込む、おじさんたち。

『あれは、警察よ。現場検証をしているのよ』

野次馬の一人が言った。

『ここの旦那さん、夜逃げの準備をしていたらしいわよ。でも、その前に債権者たちに乗り込まれて。家財道具を差し押さえられそうになって、旦那さん、その一人を刺してしまったみたいね。お気の毒に。予定通りに夜逃げできれば、こんなことにはね……』

そして、連行される美樹ちゃんのお父さんの姿。

「美樹ちゃん、その過去だけはどうしても大っぴらにされたくなかったのよ。お父さんが殺人犯ということは、どうしても」国元先生は、相変わらず尖った声で言った。

「まさか、そんなこと」亜希子も、少々声を荒らげた。「私が書くはずもありません、実際、書いてません」

「でも、いつかは、あの事件のことに触れるんじゃないかって、美樹ちゃん、ずっとずっと気にしてた。ちょっとしたノイローゼだったのよ」

「なら、実際に会って、そんなことはないって私の口から言います」

「それは、もう無理なのよ」

「どうして？」

「……行方不明なのよ、美樹ちゃん」

氷水の風呂にぶちこまれたように、亜希子の体が一瞬にして凍った。

どこからか、カラスの鳴き声が聞こえる。

「ああ、もう、こんな時間ね。私、もうひと眠りしたいから、また、改めて電話ちょうだい」

言われて、壁時計を見てみると、夕方の五時になろうとしていた。

いや、違う。

亜希子は、眼鏡をかけると、今度は携帯電話《スマートフォン》のディスプレイを確認した。時計表示には、小さく〝AM〟。

嘘。私、十二時間、時間を間違えていた?

そして、ぶふぉぉぉぉぉぉんうんぐ……という不気味な音を立てながら、エアコンのルーバーが、ゆっくりとその動きを止める。

亜希子は、携帯電話《スマートフォン》を握りしめながら、ただただ、途方に暮れた。

Chapter 4. 理想（2015年1月15日）

8

今では当たり前となった、就職活動中に着用するリクルートスーツ。

これって、いつからだろう？　と、考え込んでしまいました。

一度気になると、居ても立ってもいられなくなる質《たち》です。

早速、ネットで調べてみました。大手のネット百科事典ウィキペディアによると、

……色はグレーや黒、濃紺といった無地が主流で、男性は背広、女性はレディーススーツが一般的であり、ジャケットの形はテーラードカラーでシングルの2つボタンや3つボタンが多い。

と、あります。

が、発祥時期やその理由については、特に言及はありませんでした。

私の記憶では。

そう、私の記憶では、いわゆる「リクルートスーツ」を買った覚えも、着た覚えもありません。

もちろん、就職活動はしました。でも、黒いスーツはおろか、スーツそのものを買った記憶がないんです。スーツ、私、似合わないんですよ。だから、今でもワードローブにスーツはありません。

じゃ、就活にはなにを着ていたか。

確か。……そう、確か、淡いピンクのワンピースを着たことがあります。お気に入りのよそ行きです。

ピンク？　ワンピース？　それはなにかの間違いでしょう？　そんなので就活したら、まっさきに落とされますよ！　とても信じられない。

そんなことを言ったのは、担当編集者の牛島君です。去年二十六歳になったといいますから、就職活動は数年前、リクルートスーツはすでに常識だったんでしょう。

「就活といえば、大昔からリクルートスーツですよ、僕の記憶では。それ以外はあり得ません」

と、譲りません。彼は、なかなかの頑固者です。が、私だって、そこは譲れません。

「大昔から？　違うわよ。〝リクルートスーツ〟は、少なくとも、ここ二十年ぐらい判で押したように同じ形のスーツと靴で、みな同じような顔つきで黙々と歩く……という光景は、少なくとも、私の時代にはなかったのです。そもそも、「リクルートスーツ」なんて言葉もなかった。

「じゃ、みんな、どんな服を着ていたんですか？」

牛島君の問いに、

「だから。……そう、いわゆる、お出かけ用のかしこまった服を選んでいたわね。色とりどりだったわよ。シャネルスーツ風の人もいれば、大きなリボンのついた白ブラウスにスカイブルーのスカートという人、そしてワンピースの人も多かった。もちろん、黒ずくめの人もいたけれど、……それは少数派だったんじゃないかしら」

「男性は？」

「男性はもちろん、背広が主流だったけど。黒や紺に統一されていたことはなかった気がする。……そう、茶系のダブルスーツの人もいたし、アルマーニのスーツの人もいた。ネクタイなんかも、結構派手な柄だったわよ」

「アルマーニ！ 就活に？」牛島君のギョロ目が、さらにぎょろっと大きくなる。「あ、そうか。先生が就活していた時期は、……バブル時代？」

「そう、バブル。その影響もあったかもしれないけれど、とにかく、就活している人たちはみんな華やかだったのよ」

「職種にもよるんじゃないですか？　さすがに、丸の内に本社があるようなお堅い企業だったりしたら、黒スーツでしょう？」

「丸の内の商社も受けたけれど、商社の会社説明会なんてもっと華やかだったわよ。それこそ、どこぞのパーティみたいだった」

「パーティ？　とても信じられないな。うちのような割と自由な出版社でも、就活のときは、みんな黒ずくめでしたよ」

「出版社もいくつか会社説明会に行ったけれど、ジーパンジージャン、なんてラフな人も結構いた。ビーチサンダルはいている人とかね」

「いやいやいや、とても信じられない！　それ、先生の勘違いですよ、それとも記憶違いですよ、なにかと記憶がごっちゃになっているんですよ！」

記憶違い？　……そう言われると、私も弱い。というのも、つい先日も、幼少期の記憶が私の中で大きく捩じ曲げられていたということに気づかされた……ということがあったからです。

そう、記憶というのは実に曖昧で不確かで、ときには事実を隠蔽《いんぺい》し、ときにはねつ造すらします。それを身をもって経験したばかりなので、私も強く主張することはできませんでした。

「そうね、私の記憶違いかもね」

と、そのときは、私が折れたのですが。

部屋を整理していたときです。一枚の大判写真が出てきました。

まるでお花畑のような色彩の洪水。入社式のときの集合写真です！

「ほら！」

私は、声を上げました。そして、その写真を牛島君の目の前に突き出したい思いに駆られ、電話して呼び出そうとしましたが、それはあまりに大人げないと思い、断念しました。

でも、今度会ったら必ず見せてやろう、この入社式の写真を。私の記憶は間違ってなかったことを、この写真が証明してくれる。

だって、入社式は就活の最終形。就活で着用していた服で参加する人がほとんどだ。だから、この写真は私の記憶を裏付けする立派な証拠となる。これを突きつけたとき、牛島君の勝ち気なギョロ目はどんなふうに困惑するだろうか……などと勝利に酔いながら、私は、写真の隅々に視線を這わせました。

それは明治《めいじ》神宮外苑《じんぐうがいえん》の絵画館の前で撮られた写真で、約二百名の新人が並んでいます。その、華やかなこと！　女性も男性も、それぞれの個性をめいっぱい演出しようるなんてことはいっさい、ありません。

あまりの華やかさに、「本当に、入社式の写真かしら?」と私自身、疑ってしまったほどです。でも、間違いありません。写真の下に、ちゃんと、「昭和六十二年　株式会社帝善《だいぜん》印刷　入社式」と刻印がされています。

「あ、私が、いた」

自身の姿を見つけた私は、思わずにやけてしまいました。なんて、若いの！　我ながら、なかなか可愛いじゃない！　そのピンクのワンピースが、よく似合うわ！

そう、お気に入りのあのピンクのワンピースです。今でもきっと通用するような、定番でありながらフェミニンテイストも取り入れた、不滅のAラインドレス。これにコサージュをつければ、このまま結婚式にも出席できそうなほどの、艶《あで》やかなピンクです。実際、このワンピースはそのあとも、同僚の結婚式、披露宴で、大いに活躍しました。

このワンピースは、大学に合格したときに父方の祖父に買ってもらいました。一応、某有名ブランドのオーダーメイドです。当時で、三十万円はしたはずです。

「入学金とほぼ同額のワンピースなんだから、大切に、長く、着なさいね。……本当、おじいちゃんは、あなたに甘いわよね」

そんなことを言ったのは、母親です。

母親の言うとおり、祖父は私にはとても甘くて、優しかったのです。祖父にとって私は初孫。それこそ、イベントごとに分不相応な贈り物をしてくれました。数十万円する雛人形《ひなにんぎょう》、やはり数十万円する七五三の着物、そして毎年誕生日には、一万円前後のプレゼントが届きました。もちろん、お年玉も破格でした！

そんな祖父の行為を母はあまり快く思っていなかったようです。

「子供に、そんなに与えないでください」

そう、何度も祖父に面と向かって言っていたものでした。

祖父はそれを言われるたびに「けっ」とあからさまに舌打ちし、次の機会にはさらに高価なプレゼントをしてくれるのでした。

祖父からのプレゼントは嬉しかったのですが、それを睨みつける母の般若《はんにゃ》顔の恐《こわ》いこと！　まさに板挟み状態。今思い出しても、胃が痛くなる思いです。

祖父と母は、一事が万事、こんな感じでした。聞くところによると、父と母の結婚を最後まで反対していたとか。その詳しい理由は分からないのですが、とにかく、お互いを目の敵《かたき》にしていたようなところがあります。

そんな二人でしたが、祖父が床に伏したとき、誰よりも甲斐甲斐しく介護に励んだのは母でした。それが長く不思議だったのですが、今となれば、ちょっと理解できるような気もします。母は、もしかして、「介護」という名のちょっとした復讐をしようとしたんじゃないか。その証拠に、祖父の臨終は、それはそれは壮絶でした。体中チューブだらけ、胃瘻《いろう》の苦痛に耐えかねて、祖父は一日中、鬼に責め苛《さいな》まれる亡者のごとき唸り声を上げていました。

……いえ、いくらなんでも考えすぎですね。母も、最期ぐらいは祖父になにかしてやりたかったんだと思います。

話を戻します。

そう、リクルートスーツ。特にレディーススーツはいつ登場し、定着したのか。私たちの時代、婦人用の黒いスーツといえばブラックフォーマルぐらいしかありませんでした。冠婚葬祭でお馴染みの、アレです。しかし、当時は年配の女性御用達……というイメージがありまして。二十歳そこそこの若い女性が着ることはほとんどなかったのです。

とはいえ、私たちの時代にも、リクルートスーツのようなものはありました。「リクルートスーツ」という名前ではなかったと思いますが、就職活動中も、黒スーツを着た女子学生を何人か見かけたものです。

そんな黒スーツを見かけると、私はこっそり「おかあさん」と呼んでいました。だって、まるで、子供の入学式に来たおかあさんのようだったから。その上、黒スーツを着ている人は髪型も決まってコンサバでしたから。ひっつめにして後ろで一つに結んでいるか、ストレートのショートか、それともおばさんパーマ。せっかくの若さが台無しで、本当に「おかあさん」っていう雰囲気だったのです。

入社式の集合写真にもいました、黒スーツを着た「おかあさん」が。でも、たったの三人。そう、当時、黒いスーツは本当にマイノリティだったのです。

「あ」

私は、その人物に釘付《くぎづ》けになってしまいました。そして、記憶が、決壊した堤防から溢れ出る川のように、暴れ出しました。

最後列の右端にいる、黒スーツの女性。

「平河《ひらかわ》さんだ」

記憶というのは、本当に不思議です。それまでずっと忘れていたのに、突然、生々しい輪郭とともに再生されるのですから。

「ああ、平河さん」

私は、苦々しい思いでその名前を喉の奥で復誦《ふくしょう》しました──

9

ここまで入力して、海老名亜希子は指をパソコンのキーから浮かせた。

一月十五日になっていた。

終活カレンダーを見ると、「資産の整理」という文字が大きく書き込まれている。しかし、本来は十二月中に終わらせておかなくてはならない「身の回りの整理」も、まったく進んでいない。

三鷹の部屋は結局あのままで、玄関周りとリビングを多少きれいにしたぐらいで、手始めに寝室にある収納棚を。が、手前にある段ボール箱の中身を確認したところで、思わぬ邂逅《かいこう》があった。入社式の集合写真だ。それ以降は雑念に囚われて、一向に作業が進まなくなった。なにをしていても「平河さん」のことを思い出してしまい、手が止まってしまうのだ。

亜希子は、ため息を吐き出した。

「ああ、だめだ。こんな調子では、間に合わない」

まるで、夏休みの宿題に追われる子供の心境だった。

「どうしました?」

振り返ると、薬王寺涼子がトレイを持って立っている。トレイにはティーカップ。いい香りがする。

亜希子は、梅屋百貨店の外商、薬王寺涼子を南青山の部屋に呼んでいた。あまりにやらなくてはいけないことが多すぎて、でも一人ではとてもできるような気がしなくて、だからといって誰にも相談できず、衝動的に死にたくなり薬王寺に電話したのだった。

「薬王寺さん、私、死にたい」

そう言うと、

「なにも、今、死ななくても。五ヵ月後には、どのみち死ぬんですから、もうしばらくの辛抱です」

と、薬王寺は、ブラックジョークで返してくれた。

一歩間違えればとんだ失言だが、どういうわけか、この人に言われるとすべて笑って済んでしまう。こういう話術も、なるほど、トップ外商の素質なのだろう。そして、「なにかお手伝いすることはありませんか?」と、こうして駆けつけてもくれる。もちろん、両手には商品も忘れない。こういう商魂逞《たくま》しいところも亜希子は気に入っていた。無償の愛や友情ほど、いざとなると代償は高い。しかし薬王寺は、商品の価格以上のものは求めてこない。こういうビジネスライクな関係ほど、案外、健全なのかもしれない。

「大丈夫ですか？」

薬王寺が、亜希子の顔を覗き込みながらティーカップをデスクに置いた。

いかにもいい香りだ。癒やされる。

「マリアージュの『サムライ』というお茶です。日本茶をベースに、アールグレイとフラワーの香りがブレンドされています」

引き続き、菓子皿も並べられた。

「そして、れんこん菓子の『西湖《せいこ》』です。つるっと喉ごしがいいので、喉に負担なくお召し上がりになれます」

それは、笹の葉で包まれた、一見、ちまきのような菓子だった。

「れんこん？　れんこんのお菓子なの？」

笹の葉の包みを開くと、それは「れんこん」からはほど遠い見た目だった。黒いぬるぬるの塊。ちょっとグロテスクな感じもする。

「でも、癖になりますよ。騙《だま》されたと思って」

薬王寺の言葉に従ってスプーンですくってみると、それはスライムのような動きでぬるりとスプーンにからみついてきた。なんとも不思議な感触に戸惑いながらも、口に運ぶ。

「あ」

確かに、不思議な舌触りだった。そして、あっというまに、つるっと喉に吸い込まれていった。その清涼感といったら！　快感にも似ている。そして、ほどよい笹の葉の香りと黒糖の甘さが、追いかけるように口の中に広がる。

薬王寺の言う通り、一口いったら、たちまち二口目も欲しくなる。

そんな亜希子を見越したのか、皿にはもう一つ、笹の葉の包みが追加された。

治療を選ばなくて、よかった。治療していたら、今頃はお菓子も食べられなくなっていたかもしれない。ふと、祖父の顔が浮かぶ。お菓子どころか水さえも、自力ではとれなくなった病床の祖父の顔は、見ているこちらが逃げ出したくなるほど、痛ましいものだった。

「これで、少しは落ち着きましたか」

薬王寺の問いに、亜希子は「え？」と顔を上げた。

「だって、なにか、とてもお苦しげな表情をしてらっしゃいましたから。……混乱しているというか、……処理しきれない情報に飲み込まれているというか」

「うん、ちょっとね。……祖父のことを思い出していたの」

「おじい様のこと？」

「そう、父方の祖父なんだけど。それはそれは、壮絶な最期で」

「そうでしたか。それはお気の毒なお話です。……エッセイですか？」言いながら、薬王寺は亜希子の手元を覗き込んだ。「エッセイのお仕事、まだ、続けているんですね」

「だって、死ぬその瞬間まで仕事をしている……というのが、私の理想だもの」

「私もです。でも、今は、そういうの、流行ってないみたいですけれどね」

「昔は、二十四時間戦えますか？……なんていう栄養ドリンクのCMもあったわよね。そんなキャッチコピー、今の子が聞いたら、『どこのブラック企業の社員だ？』って顔するわよ」

「私たちの時代は、仕事も遊びも恋も命がけ……というのが美学でしたけどね。今の子には、ポカーンでしょうね」

「……ああ、そうそう。薬王寺さんは、就職活動はどんな服装だった？」

「就職活動の服装ですか？……さあ、あまりに昔すぎて、よく覚えていませんね」

「でも、今のリクルートスーツではなかったわよね？」

「ええ。リクルートスーツではございませんでした。というか、リクルートスーツって、当時はまだなかったと記憶しています」

「ほら、やっぱり！」

亜希子は、満足げにお茶を啜《すす》った。

「私の担当編集者に若い子がいるんだけど。彼、信じてくれないのよ。昔の就活は、色とりどりの服装だったたって言っても」

「就職活動に着ていく服のファッションショーもありましたよね、確か。ファッション誌にもよく特集が組まれていました。『おしゃれが決め手、就職活動』とか『職種別ファッションコーディネート術』とか」

「あった、あった！　商社の場合は清純なお嬢様風ワンピースが受けがよくて、マスコミ関係はちょっと尖ったＤＣブランドが吉！……なんてね」

「海老名様は、どんな服で？」

「私？　私は……。実は、私もよく覚えてないの。もう、三十年も前の話だし」

亜希子は、言葉を濁した。

そして、パソコンのデリートキーに指を置くと、静かに押下《おうか》した。入力した文字が、一文字ずつ、後退しながら消えていく。

しかし、「平河」という文字まで来たとき、亜希子は、ふと、指を浮かせた。

「……海老名様？」

薬王寺の視線がその名前を捉えたような気がして、亜希子は慌ててパソコンを閉じた。

「……そう、もう三十年近くも前の話なのに。なんで、こうも鮮明に思い出してしまうのかしらね、イヤな話に限って」

亜希子が、三十年近く前に新卒採用された会社は、「株式会社帝善印刷」といった。TやKといった超大手印刷会社には及ばないが、総従業員千人近くの、そこそこの大手印刷会社だ。千葉と埼玉に工場を持ち、東銀座に本社を構えていた。

主な業務だった。その内容はどれも地味だが、ひとつのカタログでも最低十万部は刷大手企業の各種パンフレットやカタログそして製品の取扱説明書の製作及び印刷が、っていたので、書籍や雑誌を扱う超大手印刷会社に引けをとらない売上高を誇っていた。しかも、時代はバブル。どのクライアントも印刷物に湯水のように金を使っていた。たかが十六ページの商品カタログに、予算一億円をつける企業もざらにあった。

そんな時代、亜希子の初任給は二十二万円、手取りで十七万円ほどだったろうか。テレビ局や大手出版社にも迫る高給だ。亜希子は、自分がこの会社を就職先に選んだのはその高給に目がくらんだから……と、当時は吹聴《ふいちょう》して回った。

「他にも、色々と迷ったんだけど。でも、お給料がいいところのほうが仕事するにも気合いが入るじゃない？」

しかし、本音は違った。

亜希子は、出版社を中心にマスコミに絞って就職活動をしていたが、なかなか内定が出ることはなかった。人手不足から来る超売り手市場時代のちょっと前、バブルという好景気には入っていたが、就職活動はそう甘くはなかった。特に、出版、マスコミとなると狭き門。結局、志望していた企業からいい返事はひとつも来ず、いよいよお尻に火がついたところでそれまで見向きもしなかった「印刷業」というジャンルに手を伸ばし、ようやくとった内定……というのが、正確な経緯だ。

それでも、一部上場の大手企業だということには間違いはなかった。その企業名を出しても知っている者はほとんどいなかったが、取引先の企業を出せば、「へー、それは凄いじゃない」と、一様に目を輝かしてくれる。それになにより、お給料がいい。フレックスタイムも導入されていたし、福利厚生も充実していた。保養所はあるし、有休だってとりやすい。慰安旅行なんて、海外だ！　……だから、私はこの会社に入ってよかったのだ、幸せなのだ。

「今思えば、そう思い込むことで〝負け〟を認めまいと、必死だったのよ」

亜希子が自嘲気味に溜め息を吐き出すと、薬王寺涼子が、カップにお茶を注ぎながら言った。

「〝負け〟とは？」

「だから。……本当は、出版社に入って本を作るのが希望だったのに、妥協したことよ。当時はそれを認めたくなくて、まるでその会社に入ることが自分の初めからの夢だったって、周りに言っていたの。自分でも、そう思い込もうとしていた。とんだ合理化ね」

「合理化……ですか。いわゆる、『すっぱい葡萄《ぶどう》』ってやつですね」

「そう。こんなはずではない！　……という自分にとって不都合な現実を、自分に都合のいい理論で正当化しようとする行為。思えば、私の人生、そんなことばかり」

「でも、合理化は、人間の防衛本能です。悪いことばかりではないと思いますよ。だって、すべての人間が希望通りの職に就けるわけでも、理想の生活を送れるわけでもないんですから。大多数が、どこかで折り合いをつけて生きているんです。だから、現実が理想とかけ離れたものだったとしても、『これが私の人生なんだ、これでいいんだ』と、現実を受け入れて合理化するのは、むしろ、いいことのように思いますよ？」

「そうかしら？　合理化と、現実を受け入れる……というのは、ちょっと違う気もするけれど。……薬王寺さんは、どうなの？　今のお仕事は、第一志望だったの？」

「……ええ、まあ。サービス業に就くことが、希望でしたので」

「そう！　それは羨ましいわ。私なんて、出版社に入って本を作るのが夢だったのに、気がつけば、それとはほど遠い仕事をしていた」

「最初に入られた会社では、なにを？」

「営業。……そう、営業よ。私の理想から最も遠い職種」

亜希子は、再び、パソコンの画面を開いた。

「平河」という文字が、まるでなにかの暗示のように、亜希子に語りかけてくるようだ。亜希子は、それを振り払うかのようにお茶を啜った。

が、その名前は、ぐいぐいと亜希子に迫ってくる。

平河智子《ともこ》。

亜希子と同じ営業部に配属されたが、彼女は新規開発課、亜希子は顧客開発課。同じような名前でも仕事内容はかなり違う。

新規開発課は、文字通り、新規にクライアントを見つけてくる部署。一方、顧客開発課は、既存のクライアントが離れていかないように、ありとあらゆる手段で引き留めておくのが仕事の部署。

とはいってもフロアは同じで、形だけのパーティションで区切られているだけだったので、しょっちゅう顔を突き合わせていた。なので、目が合えば、「おはよう」「お疲れ」などと声をかけることはあったが、膝をまじえて会話したことはほとんどない。

というのも、平河さんとはランチ派閥が違っていたからだ。

「ランチ派閥？」

亜希子の話を黙って聞いていた薬王寺だったが、久しぶりに質問を差し込んできた。

「文字通りよ。ランチをとるときの派閥。どのメンバーでランチをとるか……という」

「ランチ派閥って……なんですか？」

「ああ、なるほど」

「薬王寺さんは、そういうの、ないの？」

「あいにく、わたくしども外商はチームプレイではございませんので。ランチも自然と、ひとりでとることが多いでしょうか」

「それは、羨ましいわ」

「羨ましい……ですか？」

「だって、ランチ派閥、あれって結構面倒なのよ。月末でピンチだから今日は軽くカップラーメンで済ませたいわ……と思っても、お高いイタリアンレストランに誘われたら、断るわけにはいかない」

「ランチは外食だったんですか？」

「週に二回ぐらいは外食だったけど、基本はお弁当かな。会議室とか休憩室とか、それぞれの派閥に縄張りがあってね、そこでお弁当を広げるの。私が属していた派閥は新人ばっかりだったので、休憩室の隅でこぢんまりと輪になっていたっけ」

……そう、そのフロアには亜希子の他に十人の女子社員が配属され、自然と二つの派閥に分かれた。亜希子が属していた派閥は六人、そしてもうひとつの派閥は四人。なぜ、この二つに分かれたのか。そのきっかけは、配属されてすぐに開かれた女子社員による同期会だった。その同期会に参加した人たちと、参加しなかった人たち及び途中で抜けた人たち。

「海老名様の派閥は、どちらだったんですか？」

「私が属していた派閥は、同期会に参加しなかったかまたは途中で抜けた人たちで構成されていたわ。ちなみに、私は途中で抜けた口」

「海老名様は、なぜ、抜けられたんですか？」

「……幹事がね、ちょっと苦手だったからよ」

亜希子は、ここで再び苦いため息を吐き出した。

「ほんと、苦手だった。なんかね、自宅通勤組を目の敵にしているところがあって」

「自宅通勤組？　ということは、その人は一人暮らしだったんですか？」

「そう。同期会がはじまるやいなや、その人が言ったのよ。『自宅通勤組は、お給料が全部自由に使えて、羨ましい』って。私から言わせれば、住宅手当がもらえる一人暮らし組のほうが羨ましかったんだけど、でも、その人は譲らなかった。自宅組はお金に恵まれている上に家事だってしなくていい……そんな感じで、はじめから偏見の目で自宅組を見ていてね、その同期会でも、始終、チクチク厭味《いやみ》を言うのよ。だから、私、二千円だけ置いて途中で抜け出したの。はじまって三十分も経ってなかったから、二千円で充分かと思ったんだけど、……実際、私、ほとんど飲んでもなかったし食べてもなかったから、多すぎるぐらいに思っていたのに、翌日、なんと、あと五千円……って請求されたの」

「つまり、途中で抜けた人も最後まで頭数に入っていて、きっちり割勘にされたんですね」

「そう。一次会だけならまだしも、二次会、三次会の分まで、割勘にさせられたのよ！　そのときは素直に払ったけれど、考えれば考えるほど、その理不尽さに腹が立って。なんてがめつい人なの？　って。それで、彼女とは自然と距離ができたっていうわけ」

「その人が、『平河』さんって人なんですか？」

薬王寺は、ちらりとパソコンの画面を見ながら言った。

「ううん、その人の名前は……。あれ？　なんて言ったかしら。忘れちゃった。……そう、今ではその顔も思い出せないぐらい、どうでもいい相手だったわ」

「じゃ、その平河さんという人は？」

平河智子。一言でいえば、「あざとい」女だった。

実は、彼女とは、ある出版社の会社説明会で何度か顔を合わせたことがある。つまり、自分と同じ出版社志望だったくせして、まるではじめから印刷会社を第一志望にしていたかのような顔で、こう言ってのけたのだった。

「実家が町の小さな印刷屋です。輪転《りんてん》機の音を子守唄に育ちました。輪転機の音を聞きながら、臨終を迎えるのが私の理想です」

それは、配属一日目の朝礼の場だった。ずらりと並んだ新人たち。「慣れないことばかりですが、どうぞよろしくお願いします」「はじめはご迷惑をかけることも多いと思いますが、一生懸命頑張ります」などと言うのが精一杯な中で、彼女ひとりが、そんな大層なことを言ったのだ。気のせいか、部長の顔が綻《ほころ》んだ気がした。その隣のいかにも強面の男性社員の顔にも、ふと、笑みが見えた。

なんてことだ。彼女の大層な挨拶のせいで、一気にハードルが上がってしまった。

次は私の番なのに……亜希子の足が震える。

数十人の視線が、期待を込めて一斉にこちらに注がれる。

あれほどの緊張を強いられたことは生まれて初めてだった。中学時代に生徒会会長の選挙に出たときだって、あれほどの緊張はなかった。心臓が大荒れの海のように波打ち、せっかくのピンクのワンピースにも汗染みができるほどだった。なにかしゃべらなくちゃ。なにか、いいことをしゃべらなくちゃ。

「……印刷は、文明の鑑《かがみ》です。印刷というテクノロジーがあったからこそ、文明も文化も進化してきました。とはいえ、これからの時代、コンピューターの台頭も見逃せません。印刷とコンピューターがどのように手を結ぶのか、それとも袂《たもと》を分かつのか、その行方が印刷業界のこれからを――」

見事に、滑った。みんなの顔が、一様に、曇った。あからさまに、顔を歪めている人も見える。それでも、いい区切りがみつからなくて、亜希子はしゃべり続けた。優に、五分はしゃべり続けただろうか。始業チャイムが鳴らなかったら、もっとしゃべっていたかもしれない。

この件で、敵を作ってしまったようだった。

一番の敵は、隣に並んでいた女性だ。彼女は、結局、「よろしくお願いします」もろくに言えないまま、自己紹介もそこそこに、バトンを隣の人に渡すことになる。

「ああ、彼女こそが、同期会の幹事だった子だわ」亜希子は、お茶を啜りながら呟いた。「だから、彼女、私に対してちょっと威圧的だったのね。会社デビューの大切な挨拶時間を私にとられて、そのせいで、私は逆恨みされたのかもしれない。……でも、そもそもは、平河さんがいけないのよ。あんなご立派なことを言い出すもんだから、私も、なにか大層なことを言わなくちゃいけない空気になっちゃったのよ。平河さんって人は、一事が万事そんな感じで。そばにいると、なんか、調子が狂っちゃうの」

「そういう人、いますよね……樹海女」

「樹海女？　なに、それ」

「いえ、ある本の受け売りなんですけれど。私の職場にもいるんです。その人のそばにいると、なんだか磁場が狂ってしまったように、いつもはやらないようなことをしてしまったり、または言ってしまったり」

「磁場が狂うから、樹海？　はははは、面白いわね、それ。今度、ネタに使っていい？」

キーボードに指を置くと、早速、「樹海女」と入力してみる。

「その、ヒラカワさんって人は、どんな人だったんですか？　やっぱり、見るからにエネルギーに満ち溢れた感じだったんですか？」

「ううん。違う。どちらかというと、おとなしい地味なタイプ。就活も入社式も、今で言うリクルートスーツのような真っ黒いスーツで来るような。髪もひっつめで。私は、こっそり、『おかあさん』って呼んでいた。でも、今だから分かるんだけど、あいうタイプこそが、ギラギラとした野心を隠し持っているものなのよね。とにかく、上司や男性社員に取り入る術に長《た》けていた。バレンタインのときなんかもね、みんなでお金を出し合って購入するチョコレート以外に、個人的にチロルチョコを配っていたもの」

「それは、かなりの手練手管《てれんてくだ》。チロルチョコというところが、また憎いですね」

「しかも、女性に対しても抜け目ないの。彼女は、私とは違うランチ派閥だったけれど、ときどき、私たちの派閥にも顔を出していてね。しかも、御局様《おつぼね》……先輩女性社員の派閥にも潜り込んでいたんだから」

「それは、したたかな方ですね」

「でしょう？　しかもよ。先輩社員とランチをとっているときなんか、私たち同期の悪口を言っていたというんだから、とんだ風見鶏《かざみどり》」

「どんな、悪口を？」

「まあ、他愛のないことなんだけれど。私たちの派閥のことを『ケバケバチーム』、そして、もう一方の派閥のことを『ケチケチチーム』って呼んでいたそうよ」

「ケバケバチーム……」

「だから、自然と彼女はどちらの派閥からも浮いてしまって、結局は先輩社員とだけ、つるむようになっていったわね。そのおかげか、私たち同期の中で真っ先に出世したのよ。入社三年後には、小さなプロジェクトのリーダーに抜擢《ばってき》されていた。当時は、女性に活躍の場を！　というのが世の中の流れだったから、広告塔のような役割もあったみたいだけど」

「女性の活躍。……これ、もう三十年も前から言われているんですよね、そういえば」

「本当ね。三十年しても実現しないなんて、どういうことかしらね？　……いずれにしても、平河さんとはそれっきり。私のほうが、退職しちゃったから」

「それから、フリーライターになられたんですか？」

「ううん。まずは編集プロダクションに転職して……」

亜希子は、何度目かのため息を吐き出した。

「どうされました？」

「結局。……結局、私、平河さんに嫉妬していたんだと思う。私よりも格下の大学出のくせして、そんなに奇麗なわけでもないくせして、それほど仕事ができるわけでもないくせして、なのに、なんで先輩や上司に可愛がられるの？　しかも出世してしまうの？……って、悔しくて、妬ましくて、羨ましくて、……彼女の顔を見るだけで頭が変になりそうだったのよ」

そう、彼女を思い浮かべるだけで、磁場が狂ってしまったように感情がかき乱された。普段なら絶対しないようなことも、つい、やってしまうほどに。

「しかも。……しかもよ。彼女は、私が思いを寄せていた取引先の男性と付き合うようになって。大手電機メーカーの営業マン。それを知ったときは、気が狂いそうだった。このままじゃ、本当にどうにかなりそうだったので、私、会社を辞めたのよ」

——そう。私は逃げ出したのだ。彼女から。私の人生の中で、初めての完全なる敗北。でも、当時はそう認めたくなくて「所詮、印刷業界なんて、３K。長くいるもんじゃないわ」などと、いつもの「合理化」で自分の行動を正当化していた。転職先は、3Kどころの騒ぎではないほどの、今でいう「ブラック企業」だったにもかかわらず。

「でもね、今思えば、あれはあれでよかったんだと思う。だって、あの印刷会社、バブルが弾けたと同時に経営が傾いて、私が辞めた六年後に倒産してしまったんだから。銀行にのせられてインドネシアに工場を建ててしまったのが仇《あだ》になったって、聞いたわ。……だから、平河さんも今となってはどうしていることやら。せっかく出世しても、肝心の会社がなくなったんじゃね。ちゃんと再就職したならいいけどね……」

亜希子の頬が、微《かす》かに綻ぶ。それがパソコンの画面に映り込み、亜希子はぎょっとして表情を引き締めた。

「まあ、いずれにしても、私はラッキーだったってこと。会社が元気なうちに退職したから、三年しか在職していないのにかなりの退職金も出たし、転職先でコネができたおかげで、フリーライターとして一本立ちすることもできた。そして、結婚も。……もっとも、結婚は失敗してしまったけれど、でも、それがあったから本を出すことができて、それがベストセラーになって。……自分で言うのもなんだけど、今、こうして都心の夜景を見ながら仕事ができる身になったんだもの。人間万事塞翁《さいおう》が馬ね」

亜希子は、ふと椅子から立ち上がると、ハイサッシの窓に足を運んだ。

——数ヵ月後にはいなくなる身だけれど、ここまで上り詰めたんだもの。人生に悔い無しよ。むしろ、こんな恵まれた状態で死ねるんなら、本望だわ。まさに、私が思い描いていた、理想。

「……海老名様」薬王寺が、スマートフォンを操作しながら、亜希子の背後にやってきた。

「海老名様の同僚だったヒラカワさんって、もしかして、この方ではないですか？」

そして、スマートフォンを亜希子に差し出した。

「え？」言われて画面を覗き込むと、そこには、シャネルのスーツを着た女性の画像。

「誰？」

「グレース・トモコ・ロングワースという、イギリスの実業家の奥様なんですが。スーパー主婦ブロガーとして、一部では大人気なんです。先月、本も出版されて――」

「ええ、その噂なら、聞いてる。イギリス仕込みの家事やライフスタイルを紹介している人よね？　……でも、なんで、それが平河さんだと？　確かに、〝トモコ〟という名前は一緒だけど……」

言葉では否定してみたものの、亜希子の全身にイヤな汗がじわじわと溢れてきた。

「……この人が書いたブログに、『ケバケバチーム』と『ケチケチチーム』という言葉がありまして。……ちなみに、『樹海女』という言葉を見たのは、この人の本で――」

しかし、亜希子の耳に薬王寺の言葉はもはや届いていない。毛穴という毛穴から汗が噴き出したかと思ったら、波をかぶった砂の城のように、その体は一瞬にして崩れ落ちた。

10

若い頃は、朝が待ち遠しかった。昨日まではコンプレックスだったニキビも朝にはすべすべの肌に生まれ変わり、昨日まで大嫌いだったコーヒーも美味しく感じられる……そんな前向きな予感が漠然と私の生活を覆っていたからです。イヤなことがあっても、ぐっすりと眠れば、たいがいのことはリセットされる。だから、寝るのが本当に楽しみだったし、できれば一日中寝ていたかった。なのに、今は……。

惰眠《だみん》を貪る。この言葉が縁遠く感じられたとき、それはたぶん、生物としての「旬」が過ぎたということなのです。もっといえば、「老い」のはじまり。

ところで、「初老」というのは「四十歳」の異称だということはご存じでしょうか？ 寿命が五十年だった江戸時代ならば分かりますが、今となってはなんとも違和感があります。が、医学的には、思春期を迎えて三〜四年までで概《おおむ》ね、成長は止まるといわれています。具体的にいえば、女性はだいたい十六歳ぐらいでしょうか。遅い人でも二十二歳ぐらいだといわれています。つまり、成長が止まった時点で、「老い」ははじまっているので、四十歳を「初老」というのは現在でもあながちナンセンスなことではないのです。

そういえば、私も四十歳頃から、睡眠が「義務」になってしまいました。違った意味で、「朝が待ち遠しく」なってしまったのです。これは、少々ショックでしたね。私の体は、もうそれほど睡眠を必要としていない……つまり、老いがはじまっているということですから。どんなにアンチエイジングしたとしても、どんなに「若く見えるね」と言われても、体は正直です。だって、若いときのように貪るように眠れないんですから。しかも、朝起きても、なにか体が重い、すっきりしない。顔についた枕の痕がなかなかとれない。昨日より確実に細胞が衰えている……と、いやでも実感してしまいます。

でも、嘆いていても仕方ありません。私たち生物は、「死」までの一本道をまっすぐ歩むように運命付けられているのですから。

老いは、避けるものではなくて、受け入れてこそです。その年代にしか分からないものもある。私は今年で五十一歳になりますが、六十代、七十代の自分と会ってみたい。愛する夫とともに年老い、そして愛する子供たちの老いにも立ち会う。それこそが、私の理想の日常です。

＋

「はっ、なによ、このいかにも優等生な文章は」

亜希子は、毒づいた。

薬王寺涼子が帰ったのが午後十時過ぎ。そのあとすぐにこのブログにアクセスしたので、かれこれ二時間はパソコンにかぶりついている。

『グレース・トモコ・ロングワースの、理想という名の永遠』

このタイトルからして、もう、あざとい。というか、くさい。意味が分からない。そもそも、タイトルに自分の名前を入れるやつにろくなのはいない。

事実、グレース・トモコ・ロングワースは〝意識高い系〟の典型のような女だった。ブログには、なんだかご立派そうで優等生らしい言葉がずらずらと並んでいるが、結局、何を言いたいのかはさっぱり分からない。すべて〝雰囲気〟で誤魔化している。が、世の中にはこういう〝意識が高そうな雰囲気〟のある読み物が涎が出るほど好きな人たちがいる。そういう人たちにとっては、〝グレース・トモコ・ロングワース〟はまさにうってつけの教祖なのだろう、このブログにはどの記事にも大量の賛同コメントが寄せられていた。ブログの読者数も五十万人を超えている。なるほど、なかなかの人気者だ。

「でも、私のブログには百万人以上の読者がいるけどね」

そんな亜希子の優越感を挫いたのは、「ケバケバチームとケチケチチーム」というサブジェクトがついた記事だった。

＋

その昔、私がOLだった頃の話です。

当時、日本は〝バブル〟と呼ばれる好景気時代。私は、とある大手印刷会社で働いていました。

実家が小石川《こいしかわ》の小さな印刷屋でしたので、元々、縁のある職種だったのでしょう、とにかく仕事が楽しくて仕方ありませんでした。朝は誰よりも早く出勤し、残業もみずから引き受けていました。

でも、そんな私は、オフィスではちょっと浮いた存在でした。

男女雇用機会均等法は施行されていましたが、まだまだ、女性にとって仕事は「腰掛け」という認識が大半を占めていました。つまり、花嫁修業のひとつ、あるいはお婿さん探しの期間……と捉えている女性がまだまだ多く見受けられたのです。

その証拠に、当時は就職活動や入社式に、まるでお見合いに行くような服装で現れる女性も少なくなかったのです。

忘れられない光景があります。入社式に、ぴかぴかのピンクのワンピースで現れた人がいました。まるで、謝恩会のときのような出で立ちです。前髪もとさかのように立てていて、一歩間違えれば新宿のホステスさんのようです。そんな人が……四、五人いましたでしょうか。

類は類を呼び友は友を呼ぶ……とはよく言ったもので、彼女たちはよくつるんでいました。ランチ時間だけならまだしも、お手洗いに行くにも誘い合っていましたね。まるで学生気分が抜けていないのです。そのお手洗いというのも、長くて。……要するにお化粧直しです。ドライヤーで髪をいちからセットし直す人まで。なので、お手洗いは、彼女たちでいつも占領されていました。

彼女たちにしてみれば、それは「身だしなみ」なんだそうですが、傍《はた》から見たら、ただの「さぼり」です。それでも、上司は笑って見逃していました。「女性社員は、どうせ、置き物なんだから。きれいにしてくれたほうが目の保養になっていいよ」、そんなことを言う男性社員まで。

呑気な時代だったのです。

でも、「とはいえ、ちょっとケバいよな、いくらなんでも」とちくりと言い放つ人もいて、その人の言葉が発端で、ばっちりメイクのそのグループは「ケバケバチーム」と呼ばれるように。

そういえば、「ケチケチチーム」というのもありました。主に一人暮らしをしている女性社員で構成されたチームで、必ず手作りのお弁当を持参し、ランチ時の話題も節約とバーゲンの話ばかりでしたので、「ケチケチチーム」なんて呼ばれるように。

ケチケチチームのメンバーとケバケバチームのメンバーがお手洗いで遭遇したときは、見物《みもの》でした。特に、手を洗って、それを拭くとき。

ケバケバチームはご自慢のブランドハンカチをひけらかし、ケチケチチームは濡れた手を自身の髪の毛で拭きます。

そのときの、お互い、バカにしている目つき。

「なに、あのハンカチ。おばさんくさい。あんなうすっぺらい布じゃ、ろくに拭けないじゃない。べちゃべちゃに濡れたハンカチを持っているなんて、不潔。こうやって髪の毛で拭けば、髪もセットできるし、一石二鳥よ」

「信じられない、髪で手を拭くなんて。不潔そのものだわ」

そんな心の声が聞こえてくるようです。

ちなみに、私は、ハンドタオルを持参していました。ハンドタオルならばよく水分を吸収するしなにより乾きも速いので清潔です。ハンドタオル、便利ですよ。うちには、ハンドタオルしかありません。大は小を兼ねるといいますが、タオルに限ってはその逆。バスタオルもフェイスタオルも、ハンドタオルが代わりになってくれます。私はそのハンドタオルをお手洗いのサニタリーチェストに歯磨きセットと一緒にキープしていたのですが、ケチケチケチチームの人によく無断で使われていましたっけ（笑い）。

それにしても、ケチケチケチチームの「ケチ」は徹底していましたね。

本当に、ケチだったんです。彼女たちは「節約」という言葉をよく口にしていましたが、傍から見れば、それはただの「ケチ」。「ケチ」と「節約」はその根本がまるで違います。節約というのは、努力と忍耐と工夫でコストを抑えることをいいますが、「ケチ」は、悪知恵を働かせていかに得をするか……という行為を指します。つまり、「損」をしないことこそが美徳となり、もっといえば、「損」をしないで「得」するためならばどんなことでもしてしまうという恐ろしい心理状態に陥ってしまいます。ジャイアンの決まり文句ではないのですが、「お前のモノは俺のモノ、俺のモノは俺のモノ！」という恐ろしくも浅ましい心理状態です。そういえば、ケチケチケチチームのリーダー格だった女性が自慢げに話していた言葉が忘れられません。自分で作ってきたお弁当を食べているときです。

「このお肉、和牛なんだけれど。いくらだと思う？　百グラム千二百円！　でも、二百五十円で買っちゃった！　簡単よ。隣の豚肉の値段シールと貼り替えただけよ。みんなもやってみなさいよ！」

これは、明らかな詐欺です。犯罪です。私は背筋が凍りました。

でも、彼女には、罪悪感はみじんもありませんでした。むしろ、「百グラム千二百円の高級和牛を二百五十円で手に入れた」という成果に心から満足しているようでした。きっと、詐欺師などの犯罪者も同じような心理なのでしょう。それがどんなに非道徳的で法に触れようとも、自分が得したという成果こそが、正義。だから、罪悪感など起こるはずもないのです。こういう人が一人でもいると、そのコミュニティーはその人の歪んだ正義に染まってしまうものです。ケチケチチームは、社内の備品を当然のように私物として持ち帰り、文房具、トイレットペーパーは当たり前、ひどい人になると電卓やワープロまで自分の家に持ち帰っていました。立派な窃盗です。中には、タクシー券を金券屋に売り飛ばした猛者《もさ》までいて、さすがにこれは、咎《とが》められましたが。

こうなると、ケバケバチームのほうが、まだマシでした。彼女たちはまったく仕事はできませんでしたが、それでも、最低限のマナーとモラルは持ち合わせていたようですから。

ちなみに、そのケバケバチームのリーダー格だった人、今はちょっとした有名人なんですよ。

彼女、ケバケバチームにいながら、「もったいない」が口癖で。今でいう「女子力」磨きに余念がない一方で、節約家でもあったんです。暇さえあれば、裏紙でメモ帳を作っていましたっけ。……なんか、ちょっとキャラがブレていて、おかしな人でした。

＋

「なんなのよ、これ！」

亜希子はどうにも我慢ができず、声を張り上げた。深夜零時には似つかわしくない音量だ。

この記事を読むまでは、まだ半信半疑だったのだ。グレース・トモコ・ロングワースが平河さん？　まさか、そんなことがあるはずない。……などと自問自答を繰り返しながら、マウスのスクロールボタンを押し続けた。

が、その記事を読んで、確信した。

平河さんだ！　間違いない、グレース・トモコ・ロングワースは、あの平河さんだ！

「『ケチ』と『節約』はその根本がまるで違います。節約というのは、努力と忍耐と工夫でコストを抑えることをいいますが、『ケチ』は、悪知恵を働かせていかに得を

「ケチと節約は、まったく違う」。私も、ケチケチチームの悪行には腹が立っていたのだ。だから、「なるほどね、確かに、そうね」と頷いていたのが平河さん。なのに、さも、自分で考えついた持論のように語る。昔からそうだ。誰かが言った「アイデア」や「いい話」をやんわりパクって、プレゼンや朝礼のスピーチで発表する。……でも、バスタオルのエピソードは、平河さんが元ネタだけれど。「うちには、バスタオルがないのよ。だって、あれ、洗濯するにも乾かすにもかさがありすぎて、不便じゃない？　ハンドタオルで充分」そのときはピンとこなかったが結婚してからは「なるほど」と実感するようになった。今では、バスタオルネタは私のエッセイには欠かせない。……まあ、だから、お互い様か。

……いや、そんなことはどうでもいい。問題は、「一歩間違えれば新宿のホステスさんのようです」という件《くだり》だ。なぜ、新宿？　銀座ではなくて。せめて六本木……いやいや、そこではない、問題なのは、そこではなくて——。

「きぃぃぃぃ」

昭和の少女漫画に出てくるヒステリーマダムのような悲鳴を上げながら、亜希子は頭を掻き毟《むし》った。

とにかく、このブログに書かれていることすべてが、悪意だ。悪意に満ち満ちている。

「キャラがブレていて、おかしな人でした……て？　はぁ？　あんたにだけは言われたくないわ、この風見鶏！」

と、デスクにマウスを叩き付けたところで、メールが来た。轟書房の牛島からだった。エッセイ原稿の締め切りの確認メールだ。

こんな時間まで仕事？　……ということは、今、会社にいるっていうことね。

居ても立っても居られず、亜希子は、固定電話の子機を摑んだ。編集部の番号を押すと、ワンコールで出たのは牛島その人だった。

「先生？　どうされたんですか？」

「ね、グレース・トモコ・ロングワースって、知ってる？」

「え？」

突然の電話、そして突然の質問に、牛島の声はあからさまな動揺を見せた。

「な、なんなんですか？」

「ううん、今ね、なんとなくネットサーフィンしていたら、グレース・トモコ・ロングワースさんのブログに辿り着いて。……今、人気なんでしょう？」

「ええ、……まあ」

牛島は、なにか含みがありそうな響きで、言葉を濁した。それは、グレース・トモコ・ロングワースをよくよく知っている……というサインでもあったので、亜希子は、鎌をかけてみた。

「ブログ、めちゃめちゃ面白かったわ。牛島君とこで、彼女の本を出したりしないの？」

「やっぱり、面白いですよね！」

牛島は、まんまと話に乗ってきた。

「僕も、ずっとトモコ先生のブログのファンで、今、出版の企画を立ち上げているところなんですよ」

「へー、そうなの」

「はじめは、よくある〝家事〟ブログだと思ったんです。片付けの工夫や節約レシピといった、おばあちゃんの知恵袋的な裏技ブログなのかな……って。でも、違ったんです。トモコ先生のブログには哲学が溢れているんですよ。生きる意味を教えられるんです。どんな些細な日常にも、生きることへのオマージュが込められている。ふんわりと優しいんだけれど、ときどきちくりと痛い毒舌も挿入してくる。これが、また、たまらないんですよね。誰もが思っているような本音をトモコ先生が代弁してくれているようで、妙な爽快感があるんですよ。『ケチケチチーム』と『ケバケバチーム』の話なんて、もうケッサクでした！」

「だから、トモコ先生のブログには、男性のファンも多いんです。……なんていうか、生きる希望を貰えるというか」

「…………」

「……生きる希望……」

「トモコ先生の生き方は、まさに、理想ですね。まさに、ジャンヌ・ダルクですよ」

「ジャンヌ・ダルク？」

「勤めていた会社が倒産したあと、ご自身も職を失ったというのに、仕事を失った下請けやフリーランスの人々を精神面で支援するためにＮＰＯを立ち上げたんです。で、一部ではジャンヌ・ダルクなんて呼ばれているんですよ。その活動は欧米でも評価され、そして英国の実業家の目に留まり、玉の輿《たまのこし》ですからね！　まさに、シンデレラ」

ジャンヌ・ダルクに、シンデレラ？　は？　いったいどっちなのよ。キャラがぶれているのは、彼女のほうじゃない。

「英国に渡ってからはスーパー主婦としても大成功。ロンドンの主婦でトモコ先生の片付け本を持ってない人はいない……とまで言われているんです。ご自身でプロデュースされたグッズも大変人気なんですよ」

「……それは、素敵ね」

「そんなトモコ先生が、満を持して、日本人向けのブログを公開したんですから、そりゃ、出版業界も色めき立つってもんですよ。トモコ先生の本を出版できたら、ヒットは間違いなしですからね！」

牛島の〝トモコ先生〟賛美が続く。この男は、まだ若いせいなのか、それとも元々の性格なのか、相手の気分などひとつも考慮することなく、延々と自身の思いを吐露するところがある。これが災いして、いまだに恋人もいないわけだが。……まったく、残念な男だ。しかも、

「トモコ先生は、今の停滞したエッセイ業界に必ず風穴を開けてくれますよ。まったく、最近は、エッセイストなんて肩書きばかりで、同じネタを使い回してお茶を濁している素人以下のプロが氾濫していますからね」

などと、今会話しているのが誰かも忘れて、本音をぶちまけてくる。

素人以下のプロ……それは私のことか？　と亜希子が厭味のひとつでも返そうとしたそのとき、

「……ショックだな。トモコ先生、癌だなんて」と、牛島が、唐突に言った。

「え？」

亜希子の気勢が削《そ》がれる。

「ブログの最新記事、読んでませんか？　トモコ先生、癌を宣告されたって。……衝撃の告白ですよ。明日のネットニュースのトップを飾るでしょうね、この記事は」

亜希子は、受話器を耳に当てたまま、パソコンの画面を覗き込んだ。そして、リロードボタンをクリックすると……、

『告白します。去年の人間ドックで胃癌であることが分かりました。色々と悩みましたが、今はもう大丈夫です。癌と闘います。そして、六十代、七十代の自分と必ず会います。愛する夫とともに年老い、そして愛する子供たちの老いにも立ち会う。それこそが、私の理想の日常ですから』

Chapter 5. ―決別（2015年3月7日）

11

誰の言葉というわけでもないのですが、ここ最近、ずっと私の胸の奥に燻《くすぶ》っている言葉があります。

――なにかを手放すときは、それを手に入れるときの数倍の労力を要する。

私事ですが、諸事情がありまして、三鷹の持ち家を処分することになりました。持ち家といいましても、分譲マンションの一室です。

ところで、中高層の「集合住宅」という意味で当たり前のように使用している「マンション」という言葉ですが、この言葉を海外で使用するときは慎重に。

海外では、「マンション」は「豪邸」を意味します。イメージ的には、マイケル・ジャクソンが住んでいたような豪邸です。なので、「マンションを買いました」というのは、「(マイケル・ジャクソンが住んでいそうな)豪邸を買いました」ということになります。もちろん、部屋がいくつもあるような本当の〝豪邸〟ならば、それでいいんですが。……例えばワンルームしかないような部屋を「マンション」などと言ったら、話がまったく通じません。

とはいえ、日本でも、かつては「マンション」は〝豪邸〟という意味合いで使用されていたと聞きます。では、いつから、集合住宅の総称として「マンション」という言葉が使用されるようになったのか。

気になったので、ちゃちゃっとネットで検索してみると(今は、本当に便利な世の中になりましたね)、日本に集合住宅が本格的に建設されたのは、関東大震災後だそうです。住宅復興のために「財団法人同潤会《どうじゅんかい》」が設立され、地震そして火災に強い鉄筋コンクリート構造の集合住宅が多く建設されたんだとか。

同潤会といえば、有名なのは表参道のあれですね。今は、「表参道ヒルズ」と名前は変わりましたが、かつては「同潤会青山アパート」でした。この名前からも分かるように、当時は集合住宅の代名詞は「アパート」でした。これは、英語「アパートメント(apartment)」を元にした和製英語です。「アパートメント」は、集合住宅を意味するので、日本でも「アパート」という言葉が作られたんだろうと推測します。もっとも、当時は「鉄筋コンクリート」の集合住宅に限り「アパート」と呼び、ちょっとした憧れの意味合いも込められていましたが。

事実、同潤会アパートは文化人や芸術家などが住むハイソな集合住宅でしたし、初の公営分譲住宅「宮益坂《みやますざか》アパート」は天国の百万円アパートなどと呼ばれるほど憧れの的でしたし、昭和三十三年に竣工《しゅんこう》した「晴海《はるみ》高層アパート」は、まさに時代の先端を行く高級集合住宅でした。

ところが、時代が下るにしたがって「アパート」という名称が頻繁に使用されるようになります。木造のボロ集合住宅ですら「××アパート」と名乗るようになり、なんだか、「アパート」という名前にありがたみがなくなってきます。まさに、「アパート」のインフレです。それが原因なのか、昭和三十一年に竣工した民間初の分譲集合住宅は、「四谷《よつや》コーポラス」と名乗りました。ちなみに四谷コーポラスは今でも現役で、常時満室の人気物件です。

これを機に、続々と民間の分譲集合住宅が建設されていきます。プロレスラーの力道山《りきどうざん》も、赤坂に「リキ・アパート」を建設しました。このリキ・アパートは、高級分譲集合住宅の走りで、のちに首相となる中曽根康弘《なかそねやすひろ》氏も入居していたんだそうです。

ちなみに、リキ・アパートは今は建て直されて「リキマンション」となっていますが、竣工当時の名称は〝アパート〟でした。

そして、昭和三十五年、ついに「マンション」が登場します。「青山第一マンションズ」ですが、残念ながらこちらは、（当時は）外国の要人向け高級賃貸物件。「マンション」は、まだまだ日本には定着していません。その証拠に、昭和四十年に竣工された日本初の〝億ション〟は、「コープオリンピア」と名付けられました。

この頃、よく使われていたのは、「コーポラス」や「コープ」や「コーポ」などといった名称です。どれも和製英語で、鉄筋コンクリート造りの集合住宅を意味する「corporate＋house」または「cooperative house」から派生したものだと考えられます。「アパート」という名称があまりに多方面で使われるようになり、そのブランド力も低下、それどころかボロ長屋のイメージまでついてしまったせいなんでしょうか、苦肉の策で、アパートに代わる名称を新たにつけたんじゃないかと推測されます。ところが、「コーポラス」も「コーポ」も「コープ」も、あっというまにインフレ化が起きます。この名称をつけたとしても、もはや、他と差別化ができない。特別感がない。

そこで、いよいよ「マンション」という名称が本格的に登場するのです。

昭和四十六年に誕生した、超高級マンション「三田《みた》網町《あみまち》パークマンション」です。三井《みつい》不動産《ふどうさん》の超高級マンションシリーズ「パークマンション」の走りで、正真正銘の「豪邸」です。三井不動産は、この最高峰シリーズ以外の建物には、「マンション」という名称は一切使用していません。他の大手デベロッパーも同じです。その名称に

「マンション」をつけることは、滅多にありません。一般に高級マンションと思われている「六本木《ろっぽんぎ》ヒルズ」の住宅棟だって、その正式名称は「六本木ヒルズレジデンス」です。

ところが。「マンション」という名称だけが、独り歩きしだしたのです。

初めは、それこそ〝豪邸〟というイメージだったのに、あちこちに「マンション」を名乗る建物が出現し、小さなアパートですら「マンション」などと名乗るようになりました。そして、いつのまにか集合住宅の代名詞になってしまったのです。

本来、日本人は、厭味なほど謙遜《けんそん》してきた民族です。自慢の息子でも〝愚息〟と呼び、どんなに高価なものでも〝つまらないもの〟とか〝粗品〟などと、謙《へりくだ》ってきました。なのに、こと住まいに関しては、知らず知らずのうちに「私が住んでいるマンション（豪邸）は～」などとビッグマウスを叩くようになったのです。おかしな話ですね。

私の記憶では、「マンション」が身近になったのは、「ワンルームマンション」という造語が広まった頃でしょうか。バブル景気前夜、八〇年代前半の頃です。今でも忘れられません。ファッション誌で「ワンルームマンション」が特集され、人気小説家や有名デザイナーたちの優雅な生活が紹介されました。当時、地方の高校の寮に入っていた私は、どれほど衝撃を受けたか。

「私もワンルームマンションで、おしゃれで素敵なシングルライフを送りたい！」

私たちの時代、「ワンルームマンション」というのは自由の象徴であり、キラキラと輝く憧れでもありました。特に〝ロフトつき〟のワンルームに住みたくて！

が、その後、雨後の筍《たけのこ》のようにあちこちにワンルームマンションが建ち、四畳半一間の昔ながらの下宿屋ですら「ワンルームマンション」などと名乗るように。今では、「ワンルームマンション」といえば〝安価〟な仮住まいの印象が強いですね。憧れというよりは、最も現実味のある住まいとなりました。

そういえば、別れた夫が、ワンルームマンション住まいでしたっけ。

中野《なかの》駅から徒歩六分ほどのワンルームマンションだったのですが、……その名前がすごいんです。「マンション・エグゼクティブ」。〝贅沢・高級〟という意味の〝エグゼクティブ〟もすごいんですが、〝マンション（豪邸）〟と堂々と名乗るところが、ただものじゃありませんでした。まさに、キラキラネームです。

なのに、元夫は臆することなくこのマンション名をよく口にしました。だから、私、本当に高級マンションだと思ったんです。

でも、やっぱり、違いました（笑い）。

三階建ての、……お世辞にも奇麗とはいえない、古い建物。でも、昔はこういうないんちゃって「マンション」が多かったんです。

とはいえ、部屋はなかなかでした。最上階角部屋の四十五平米のワンルーム、日当たりも抜群でした。もともとはスタジオとして使われていたらしく、内装もシャレていて。もちろん〝豪邸〟とはほど遠いものでしたが、二人で新生活を送るには申し分ありませんでした。そう、私は「ワンルーム」という響きに導かれるように、元夫の部屋に転がり込んだのです。

そこには一年ほど住んだでしょうか。ちなみに、私は一度も「マンション・エグゼクティブ」という名前を口にしたことはありません。住所を書くときも、建物名は省略しました。そのせいで、たびたび郵便物や荷物が迷子になることがあったんですが。……やっぱり、恥ずかしかったんです。元夫にはよく自意識過剰だって言われたんですが。私から言わせれば、そんな大袈裟《おおげさ》な名前を恥ずかしげもなく使える元夫のほうが鈍感なんです。

でも、「マンション・エグゼクティブ」の暮らしは悪くはありませんでした。元夫は無印良品《むじるしりょうひん》の信奉者でしたのでインテリアはすべて無印で揃えてありましたが、カーテンだけは、ローラ アシュレイにしてもらいました。ローラ アシュレイで部屋を飾る……というのが、私の憧れでしたから。

ようやくそこでの生活にも慣れた頃、部屋の契約が切れて、更新するかどうかの通知が届きました。更新料は新家賃一ヵ月分、新家賃は五千円のアップ。どちらからともなく、「お家賃が上がるんなら、他に越しちゃおうか?」ということになりました。

それからは、二人で新居探しがはじまりました。もちろん、賃貸物件を探していたのですが、あるとき、元夫がこんなことを言いだしました。「三鷹にいい部屋があるよ。今度の休みにモデルルームに行ってみる?」って。モデルルーム? 詳しく聞くと、なんでも、電車の中吊りに新築八階建て分譲マンションの広告があったんだとか。初めはなんとも思わなかったけれど、目的の駅までの十五分間、その広告を見続けていたせいか駅につく頃にはどうしてもそこに住みたくなった……なんて言うんです。ほんと、元夫は、すぐにこういうものに影響されちゃうんです。これでも広告マンなんですからね。広告するほうが、広告に釣られてどうするんだ? って話ですよ。

「三鷹っていっても、新宿から中央線快速で約二十分の武蔵境駅からさらにバスで十二分なんでしょう? 不便な立地じゃない?」

私は諫《いさ》めたのですが、元夫も頑固なところがあります。

「不便な立地だからこそ自然が残されているとは考えないのか? 新宿から電車で約二十分、そしてバスに十二分乗るだけで、自然とふれ合えるんだぞ」

と、広告マンらしい詭弁《きべん》で反論してきます。さらに、

「な? 見に行くだけだよ、見に行くだけだからさ」

と、子供がおねだりするように手まで合わせて。そこまでされたら、私だって折れ

るしかありません。その週末、私たちは三鷹までモデルルームを見に出かけました。

……モデルルーム、生半可な気持ちで行くもんじゃないですね。でないと、その煌《きら》びやかな空間に呑《の》み込まれてしまいます。元夫はもちろんのこと、私まで！

そして、その帰り、モデルルームで貰ってきた資料を見ながら、元夫がぽつりと言いました。

「どうせなら、結婚する？」

プロポーズでした。

「うん。そうだね。そのほうが、住宅ローンも組みやすそうだね」

これが、私の答えでした。

十六年……いえ、十七年前の話です。私が三十四歳、夫が三十一歳。

私たちが購入した部屋は、五階角部屋、六十五平米の３ＬＤＫ。四千万円でした。

その部屋を、このたび売ることになったのですが——

12

「ようやく、三鷹のお部屋、片付きましたね」

梅屋百貨店外商の薬王寺涼子は、いつものスマイルで言った。

「本当に、お疲れさまでした」

「ううん、薬王寺さんのおかげよ。薬王寺さんがいなかったら、まだあの部屋は――」

二月も中頃を過ぎて、亜希子はようやく気がついた。このままでは、ゴミ屋敷を残したまま死ぬことになる。体裁が悪いとか恥ずかしいとか、そんなことはもう言っていられない。背に腹はかえられぬ。そんな切羽詰まった思いで薬王寺に相談したのが、二月末。

それからは、早かった。

ゴミ屋敷専門の業者がやってきて、魔法のようにあっというまに部屋を片付けていった。次にリサイクル業者がやってきて不要品を目にも留まらぬ早さで撤去していき、最後に廃品回収の業者がやってきてゴミをたちどころに持ち去った。

「本来ならばひとつの業者にお任せするんですが、今回は事情も事情ですし、本当に信頼のおけるそれぞれの専門業者に依頼することにしました。そのほうがプライバシーも漏れにくいですし。なにより、……今回は、生前遺品整理でもありますから、処分してもいい不要品と遺品として残しておきたい物を海老名様ご自身に選別していただきたかったのです。ひとつの業者に任せると、機械的に片付けてしまうだけですからね」

「おかげで、心残りなく選別することができたわ。ありがとう」

「いえ。私は、ただ、業者を紹介しただけでございます」

「本当に、情けないわ。……お掃除コンシェルジュなんて肩書きで仕事をしているのに、……自分のこととなると、さっぱりなんだもの」

「そんなものですよ。紺屋《こうや》の白袴《しろばかま》。……私だって、自分のこととなると、お水ひとつ、選ぶことができません」

「ああ、本当によかった。あの部屋が片付いて、胸のつかえがとれたようよ」

「まだまだですよ。あとは、リフォームして、クリーニングして、……売却なさらないと。……海老名様の死後、色々と面倒です」

「ええ、そうね。六月までには売却までこぎ着けないとね。……でも、売れるかしら？」

「……そうですね。今は、マンションの価格は全体に上がっていますので、中古マンションも売りやすくはなっていますが、立地が……。少々、時間がかかるかもしれません。でも、腕のいい不動産会社をご紹介させていただきますのでご安心ください。なるべく高値で売れるように、よくよく申し伝えておきます」

「高く売る必要なんてないのよ。どうせ、あの世にお金は持っていけないんだから。……確実に売れるんなら、価格なんて下げてもらっていいの」

「しかし、遺産は、なるべく多いほうがよろしいのでは？」

「いいのよ。……遺してやりたい人なんて、いないんだから。むしろ、遺産なんて揉《も》め事の種よ」

亜希子は、ティーカップを引き寄せた。薬王寺が持ってきた桜フレーバーのお茶だが、正直、味はあまりしない。

亜希子は、ぼんやりとカレンダーを眺めた。……明日から、三月か。

「二〇一五年になったと思ったら、もう、三月なのね。……この調子じゃ、六月なんて、あっというまに来ちゃうわね。それまでに、お金、使い切らなくちゃ。……薬王寺さん、よろしくね」

「承りました」

＋

でも、六月までにはもう時間はない。

亜希子は、終活カレンダーを眺めた。

「こうなったら、派手なお葬式を開いちゃおうかしら？ 一億円ぐらいかけて」

なんて、ひとりごちてみるものの、もちろん、それに応える人はいない。亜希子の余命を知るのは薬王寺だけだが、その彼女も二時間ほど前に帰っていった。

「っていうか、二億円も持ってないじゃない！」

亜希子は自分自身に虚《むな》しい突っ込みを入れると、薬王寺が持ってきたクッキーを一枚、齧《かじ》った。

もう、そろそろ更新されたかしら？

亜希子は、もうすっかり習慣になってしまったあることをするために、パソコンを立ち上げた。

グレース・トモコ・ロングワース……平河さんのブログのチェックだ。癌であることを告白した彼女のブログは、人気検索サイトのトップニュースにも上がるほど国民的関心事になっている。それを意識してか、先日、ブログのタイトルも変更された。

――グレース・トモコ・ロングワースの、生きるための聖戦、そして光の日々――

あー？　なに、この、中二病みたいなタイトルは？

と、毒づいてみるものの、「あ、更新されている」と、待ち構えたようにマウスを握りしめる自分が本当にイヤになる。

――今日、生きる目標が、もうひとつできました。娘が、私のために「村上開新堂《むらかみかいしんどう》」のクッキーを予約してくれたんです。届くのは三ヵ月後。今から、とても楽しみです。私、必ず、幻のクッキーを食べます。

村上開新堂のクッキー？　亜希子は、早速、検索してみた。

「千代田区一番町にある老舗フレンチレストラン。一見様お断りのお店で、すでに常連となっている人の紹介が必要。お土産のクッキーも紹介制で、それが届くのは予約してから最低でも一ヵ月はかかる」

……知らなかった。そんなセレブ御用達のお店があったなんて。

亜希子は、ちょっとした敗北感にしばし気落ちしたが、その一方、自分もこのクッキーが食べてみたい……などという子供じみた思いにも駆られた。

と、そのとき、電話が鳴った。母からだった。

「亜希子ちゃん、あなたのエッセイ、読んだわよ」

ああ、今日は、「文芸轟」の発売日だったか。

「あなた、……三鷹の部屋、売るの？」

「うん、まあね」

「なんで？」

「だって、もう離婚しちゃったんだし。夫婦で買ったものは、すべて処分したいのよ。けじめよ、けじめ」

「……それ、本心？」

「え？」

「エッセイを読んで、確信したわ。亜希子ちゃん、あなた、洋輔さんのことまだ好きなんでしょう？　そうなんでしょう？」

母親に突然そんなことを言われ、亜希子の顔が一瞬にして火のかたまりとなる。受話器を持つ手にも変な力が入る。

それを誤魔化すというのではないが、

「はあ？」

と、亜希子は反抗期の中学生のごとく、幼稚な声を上げた。

「なに言ってんの？　バッカじゃないの？」

我ながら大人の反応ではない。それにしても、なんでこうもムキになるのだろう？

これじゃ、母親の指摘をまるっと受け入れたようなものじゃないか。

好き？　……洋輔のことが、好き？

そりゃ、かつては〝好き〟だった。だからマンションだって買ったのだし、結婚だってしたのだ。

……そう、あのマンションは、まさに〝鎹《かすがい》〟だったのだ。

亜希子は今更ながらに思う。子供のない私たちにとって、あの小さなマンションこそが、二人を結びつける〝鎹〟だったのだ。

思えば、あの部屋が荒れだしてからだ、二人の間がぎくしゃくしはじめたのは。

いや、ぎくしゃくしだしたから、部屋が荒れたのかもしれない。

いずれにしても、部屋は、その人の生き様の〝鑑《かがみ》〟であることには間違いない。頭の中の状態をそのまま映したものだといってもいい。そうなのだ、部屋を見れば大概のことが分かるのだ。その人の性格はもちろんのこと、その人が置かれている状況も、……もっといえばその人の幸福度も、不幸度も。

物が溢れ雑然としている部屋でも、その人が幸福な状態に置かれているのならば、それこそ吉祥寺あたりの雑貨店のようにどことなく居心地のいい雰囲気をまとうものだ。

一方、どんなに整然と片付いている部屋であっても、その人の心が満たされていないのなら、何年も借り手がつかない事故物件のように薄ら寒い。

……三鷹の部屋も、新婚当時は、それこそハッピーに満ち溢れていた。洋輔が好きな無印良品と、そして亜希子が好きなローラ アシュレイ。デザインもコンセプトも対極的な二者だったが奇跡的にマッチしていた。週末になるとどちらかの友人がこぞってやってきて、みな口を揃えて言ってくれた。「素敵な部屋ね」。それがお世辞でないことは、亜希子にも洋輔にも分かっていた。だって、自分たちも感じていたからだ。

「この部屋は、世界一素敵だ」と。

キッチンにもこだわった。結婚祝いにもらったピンク色のル・クルーゼの鍋をきっかけに、小物はすべてピンク色で揃えた。「なんだか、林家ペー、パー子みたいだな」などと最初は厭味を言っていた洋輔だったが、自分もキッチン用品を買うときは自然とピンク色を選ぶようになっていた。

そのコーディネートは、専門家から見れば色々とアドバイスしたくなるような出鱈《でたら》目《め》さだったけれど、でも、間違いなく、「世界一」イケていたのだ。

なのに、その自慢の部屋は、最後はゴミ屋敷と化してしまった。いったい、どこでそんなことになってしまったのだろう？

「……でね、その個展、来週の火曜日からなのよ」

いつのまにか、母の話題はすっかり変わっていた。

「個展？」

「やだ、聞いてなかったの？　だから、書道の個展よ」

「書道？」

「国元先生の個展。たっくんがお世話になっている書道の先生よ。あなたも、お世話になったでしょう？　お習字教室で」

国元先生？　……亜希子の耳の奥に、ひどく濁った声が鳴り響いた。

『亜希子ちゃん、割と身近な人をネタにしてエッセイを書いているでしょう？　ご家族のこととか友人のこととか、……元旦那さんのこととか。……だから、美樹ちゃん、いつか自分のこともネタにされるんじゃないかって、とても心配していたのよ。……ノイローゼだったのよ』

そんなことを言われたのは去年の暮れだったろうか。あれ以来、ことあるごとに美樹ちゃんのことが頭の中にちらつく。

そんなつもりはなかったのに。苦しめるつもりなんて。……なのに私は、知らない間に、美樹ちゃんをノイローゼにしてしまった。できることならば、弁明したかった。

「美樹ちゃん、安心して。私、あなたのことを書くつもりはまったくないから」

でも。

……行方不明なのよ、美樹ちゃん。

国元先生の声が鼓膜近くで再生され、亜希子は反射的に、「国元先生!」と叫んでいた。

「どうしたの、急に大きな声を出して」

しかし、受話器から聞こえてくるのは、母の暢気《のんき》な声だった。

「亜希子ちゃん、聞いてる?」

「うん、……大丈夫。で、国元先生がどうしたの?」

「国元先生が個展を開くことになってね、それが来週の火曜日からなのよ。青山ですって。青山一丁目駅の近く」

「え？　青山一丁目？」

「そうなのよ。今、あなたが住んでいるところも確か青山一丁目駅の近くでしょう？　だから、亜希子ちゃんも一緒に――」

「ダメ」亜希子は、母親の言葉を遮った。続けて、まるで発声練習するかのごとく歯切れのいい口調で近況を説明した。

「ダメだから、今週、来週と、出張で、私、いないから。だから、私、その個展には行けないから」

「あら、そうなの？」

「じゃ、私、そろそろ仕事に戻らないといけないから、切るからね」

そして、亜希子は一方的に電話を切った。

冗談じゃない。今は、家族と顔を合わせたくない。まだ、心の整理をつけていないのだ。今会ったら、胸の中で渦巻くいろんな感情が一気に噴出し、せっかくの計画も台無しになってしまう。

有終の美を飾るという計画が。

「そう、だから、今は誰とも会ってはいけない。会ってしまったら、なにもかもが台無し」

亜希子は、そっと、ソファーに身を沈めた。

カッシーナのシステムソファー、確か、全部で二百万円超え。お値段だけのことはあって、ここに座ると、ふと、心が解きほぐされる。でも、それもほんの一瞬だ。

亜希子は、ぼんやりと部屋を眺めた。

まるで、ショールームのように美しく整った部屋。

でも、自分で選んだものはひとつもない。すべて、外商の薬王寺涼子に選んでもらったものだ。それが理由なのか、……それを今まで言葉にしたことはなかったが、

「全然私らしくないのよ、この部屋は！」

わけの分からぬ嵐が吹き抜け、亜希子はソファーに身を投げ出した。そして、我も忘れて慟哭《どうこく》した。

虚しさと、やるせなさと、切なさと、惨めさと、悔しさと、悲しさと……とにかく、この世に存在するありとあらゆる負の感情が、一気に体の中を巡った。

たぶん、それを一言で表すならば、「不毛」だ。

五十年間、この世に生きていながら、なにも残さず、なにも刻まず、散っていく我が身がたまらなく寂しい。

私という人間がいなくなっても世界は変わらないし、時計はなにごともなかったように時を刻むだろう。無論、私の葬式にはそれなりに人は集まり、「あなたのことはずっと忘れません」などと誰かが弔辞を読み、それにつられて泣く人もいるだろうが、

一週間もすれば私の思い出など色褪せてくるのだ。そもそも、私の葬式など、来る人がいるのだろうか？　今はちやほやしてくれている人たちだって、所詮はビジネスでつながっている人たちばかりだ。葬式に来たとしても、その死を心から悼んで泣いてくれる人など、いるとは思えない。

牛島君？

まあ、葬式では涙のひとつは見せるかもしれないだろうが、三歩も歩けばその涙も乾いてしまうだろう。そしておもむろにシステム手帳を取り出し、「えっと、次の予定は……」などと言いながら、足早に仕事に戻っていくのだ。

薬王寺涼子？

あの人だって、所詮、私が「客」という立場だからここまで親切にしてくれるのだ。無償の親切などではない。葬式が終了したら、その足で「お疲れさまでした！」などと、仕事が成功したことを祝って、乾杯するのだろう。

家族？

ああ、一番、期待できない。だって、半ば絶縁状態だ。お母さんは悲しんではくれるだろうが、あの人のことだ、すぐに新しい目標を見つけて「さあ、くよくよなんてしていられないわ」と、涙を拭いたハンカチを洗濯機に放り込む姿が目に浮かぶ。

……そもそも、泣くかしら？　お母さん。

あの人は冷淡なところがある。父方の祖父、――お母さんにとってはお舅《しゅうと》が――亡くなったときも、涙ひとつ見せなかった。もっとも、お舅とはうまくいっていなかったのが原因かもしれないけれど。

お父さんが亡くなったときは？　……お母さん、泣いていたかしら？　ううん、泣いていなかった。その目尻にはひとつも光るものはなかった。それどころか、箪笥《たんす》に引き摺《ず》られた絨毯《じゅうたん》のようにその眉間にはいくつもの皺がくっきりと寄っていた。……意地でも泣くまいというかたい決意が寄せた皺だ。

いや、お母さんだけではない。あのときは、私だって泣かなかった。妹だって。

それも仕方がない。お父さんは、愛人の家で腹上死したんだから。

ああ、お父さんも、あんなことにならなかったら、いい父親、そして人格者として、誉れある一生を送ることができたかもしれないのに。実際、お父さんは、優秀な銀行マンだったんだから。銀行から何度も表彰されるほどの。頭取候補にもなっていたと聞く。なのに、その一歩手前で女で躓《つまず》いた。挙げ句、腹上死。ほんと、バカだ。糖尿病と心臓病で入退院を繰り返していたというのに、性欲だけは衰えなかったんだから。それでも、それなりの葬式は挙げたのだ。なのに、弔問に来た銀行関係者は数えるほど。なんて寂しい最期。

……人格者だと思っていた父が、実はまったく人望がなかったことを亜希子は初めて知り、なんともいたたまれない気分になったものだ。しかも、葬式の後に父の遺品を整理したところ、出てきたのは大量のアダルトビデオにエロ本。そして、パソコンにはアダルトサイトでダウンロードしたと思《おぼ》しき、盗撮画像。

自分に父の血が流れていることを激しく恥じるほどの衝撃だった。

しかし、母は、冷静だった。それどころか、笑っていた。

「まったく。あの人はね、昔からこういう人だったのよ。……自分ではうまく隠しているつもりだったんでしょうけど。もう、ずっと前からバレていたわ。この悪癖も、女癖も。本当、汚らわしい人よ」

そして、父と母がもうずっと前から仲が悪かったことを、そのとき知った。

「私だってね、手に職があれば、自分で稼げれば、とっくの昔に離婚していたわよ、あんな男とはね。でも、女一人でどうやって娘二人を育てろっていうのよ？」

そう言って、母は、亜希子と妹の美奈子の顔を恩着せがましい眼差しでいつまでも眺めていたものだった。が、その眼差しは、ついに夫の遺影に注がれることはなかった。

「あんな葬式なんて、まっぴらだ。あんな最期だけは」

亜希子は、誰かに訴えるように声を上げた。

――そうよ。たとえ、それが〝形〟だけの葬式だとしても、嘘泣きに溢れた弔いだったとしても、すぐに忘れられる奇麗ごとのセレモニーだったとしても、……最期ぐらいは、美しくありたい！

私のために泣いてくれる人物が一人もいなかったとしても。

そうよ、どうせ、私のために泣いてくれる人物なんていやしない。そんなの、自分が一番分かっている。

私は、父親似だとずっと言われてきた。だからなのか、今までも人望はなかった。中学校、高校と、生徒会会長選挙があるたびに候補に祭り上げられるのに、蓋をあければ、毎回、最低得票数。高校二年生のときなんか、ほとんどの票が対抗馬の子に流れ、私の票は五十票にも届かなかった。全校生徒は六百人以上いるのに！　選挙運動のとき、「絶対、入れるからね！」などとみんな言ってくれていたのに、たったの五十票！　どうしてなのか不思議で仕方なかったが、お父さんの葬式のときに理解した。

……私、父親譲りの〝人望〟のない人間だったんだと。

お母さんだって、美奈子だって、きっと、父親似の私のことをどこかで蔑《さげす》んでいるのよ。だから、私の葬式のときも、お父さんのときのように眉間に深い皺を寄せて終始無表情でやりすごすに違いない。そして家に戻ると「あー、終わった、終わった」と、喪服を脱ぎ捨てて、お茶漬けを啜るのだ。私など、はじめからいなかったかのように。

……でも、あの人は？　洋輔さんは少しは、悲しんでくれるかしら。

亜希子は、ソファーにごろりと体を転がした。薬王寺涼子がセレクトしてくれた、カッシーナのソファー。さすがは二百万円を軽く超えるソファーだ、亜希子が泣きながらあちこちに体を転がしても、その体重を見事に吸収してくれる。

そうだ、ソファーだ。

ひとしきり泣くと、亜希子はふと、思い当たった。

そうだ、ソファー。三鷹の部屋にも、カッシーナのソファーが。……もしかして。

三鷹の部屋が荒れはじめたのは、カッシーナのソファーを買ってからじゃない？

もちろん当時の亜希子たちには、それを新品で買えるほどの余裕はなかった。夫は広告代理店に勤務はしているが出向の身、その籍は下請け制作会社にあるので、給料もそれほど高額ではない。妻であった亜希子のライター収入と合わせて、ようやく年収八百万円いくかいかないか……という程度だった。

なのに、ある日、十二畳のリビングにカッシーナのシステムソファーがやってきた。ワンパーツが、幅九十センチ×奥行き九十センチ×高さ七十センチ。それが六つのフルセット。とにかく巨大なソファーで、明らかに三鷹の部屋には分不相応だった。リビングのほとんどがソファーに覆われた。というか、喰《く》われた。リビングどころかダイニングまで。

買ったのは亜希子だった。あるアイドルのゴーストライターをやったところその本がバカ売れ、亜希子にも相当な臨時収入が転がり込んだ。それで買ったのが、オークションサイトで出品されていたカッシーナのソファーだった。落札額四十万円。

「新品同然なのよ、このソファー。新品で買ったら、ウン百万円はするやつなんだから。それが、四十万円よ？　こんなお買い得品、そうそう出ないわよ」

喜んでくれると思った。褒めてくれると思った。なにしろ、「カッシーナのソファーがほしいな」と、カタログをうっとりしながら眺めていたのは夫のほうなのだから。

その頃、夫の機嫌が悪かった。原因は日照問題だった。マンションの横隣と前に新築マンションが建ち、部屋の日照がほとんど奪われた。

「だから最上階を買っておけばよかったのよ」

「最上階の部屋は七千万円したんだぞ、買えるわけないだろう」

……などと、口喧嘩が続いていた頃だった。

洋輔は普段は温厚な男だが、頑固な一面もある。特に喧嘩をしたときなどは、まず自分からは謝らない。だから、喧嘩をしたときに折れるのは大概、亜希子のほうだった。

が、そのときは亜希子も折れなかった。仕事が忙しかったせいもある。人気アイドルの自叙伝のゴーストライターなどという美味しい仕事は滅多に回ってこない。だから失敗できない。だが、相手は多忙を極めるアイドル、取材は難航した。

が、その仕事も無事に終わり、それどころか臨時収入まで転がり込んできて、亜希子の心も寛大になっていた。自分は悪くはないけれど、夫の機嫌をとって仲直りしよう……と。だから、オークションサイトを覗いて、ポチッと。

「意味、分かんねー！」

なのに、夫はいきなり怒鳴った。

「なんなんだよ、そのバカでかいソファーは！　どこでメシを喰うんだよ！」

夫の言い分はもっともだったが、亜希子も負けていなかった。

「だって、安かったのよ？　掘り出し物よ？　掘り出し物が出たら迷わず買わないと！　でなきゃ、この部屋を買ったときと同じ後悔をすることになるんだから」

そして、いつもの喧嘩がはじまった。「最上階を買っておけばよかった」と亜希子が言い、「そんなの買えるわけないだろう」と夫が言い返す。そして亜希子はとうとう、止《とど》めの一撃を繰り出した。

「あなたって、ほんと、ダメよね。自分では慎重派だとでも思っているのかもしれないけれど、ただの優柔不断なのよ。白黒がはっきりつけられないのよ。愚図なのよ」

〝愚図〟と言った瞬間、夫の拳が飛んできた。……そして壁に大きな穴があき、二人の関係にも、元には戻らない大きなひびが入った。

「そっか。……あのソファーが原因だったんだ」

亜希子は、ようやく解答を見つけた子供のように、唇を綻ばせた。

しかし、すぐにその唇をかたく結んだ。今更解答に辿り着いたからといって、どうなるの？

洋輔は再婚し、しかも、子供もいる。

そして、私は、……三ヵ月後に死ぬ。

「だからこそ」

亜希子は、すっくとソファーから立ち上がった。

「だからこそ、ちゃんと決着をつけなくちゃいけないのよ、……この気持ちに」

母親の言う通りだ。私は、たぶん、まだ洋輔に未練がある。このままでは「洋輔が好きなのよ！　美奈子が憎い、洋輔を奪った美奈子が！」とみっともなく喚《わめ》き散らして、顰蹙《ひんしゅく》の嵐の中、死んでいくことになる。そんなことになったら、それこそ最悪の葬式になるだろう。仮に思いをぶちまけないまま死んだとしても、怨霊となって洋輔と美奈子に取り憑き、二人が写真を撮るたびに嫌がらせのように私まで写ってしまうのだ。そして、霊能者に「怨霊退散」などと、まるで間抜けな悪役のように呆気なく退治されてしまう。

そんなみっともないことだけにはなりたくない。

「だからこそよ」

亜希子は、パソコンに向かった。……そして、妹のブログを表示させた。

＋

子供が描く絵には、どうして太陽が描かれているのでしょうか？

私も、お絵描きをするときは、太陽を必ず描いていました。赤いクレヨンで。どんなお題を出されても、必ず、太陽を描いていた覚えがあります。遠足に行ったときのことを描いてみましょう……と言われて描いたときも。曇り空だったにもかかわらず。

私の記憶では、太陽は最後に描いていました。それを描かないと収まりが悪い……という感じです。まるで落款《らっかん》を押すように。

それは私だけではなく、お友達もみんなそうでした。誰に教えられたわけでもないのに、みんな、落款を押すように太陽を描いていました。

でも、うちのたっくんは違うんです。太陽は描きません。

たっくんの絵を見て、思いました。

誰に教えられたわけでもなく……と思っていたのは実は間違いで、知らず知らずのうちに、周囲の子供に合わせて太陽を描いてたんだと。なぜなら、みな太陽を描いていたし、それを描くと大人からも褒められた。つまり太陽は、「同調」……もっといえば「和」の芽生えの印なのかもしれません。

では、たっくんには「同調性」が備わっていないのかしら？　そんな不安を抱いていた私に夫は言いました。

「たっくんは、たっくんなんだよ」

＋

「炎上しろ」

そんなはしたない言葉がつい飛び出して、亜希子ははっと下唇を噛《か》んだ。

パソコンの画面にうっすらと映り込む、自身の般若顔。

亜希子は、咄嗟に笑ってみた。

……バカみたい。

ああ、本当に残酷な世の中になったものだと思う。ネットなんかない時代だったら、縁が切れた時点でそれまでだ。仮に未練があったとしても、それこそ時間が解決してくれる。なのに、今はそういうわけにはいかない。ふとしたきっかけで縁が蘇ってしまうのだ。しかも、一方的な〝腐れ縁〟という形で。それが、ネット時代の恐ろしさ。

「ネットはまさに、ストーカー製造装置よね」

亜希子は以前、友人にそんなことを言ったことがある。離婚をきっかけに立ち上げたブログが原因で、過去からの因縁を次々と呼び寄せてしまったときだ。その中の一人に、ストーカーのような粘着質な人がいた。正体は分からない。でも、亜希子のことをよく知っている人物だった。その人物は毎日……いや毎時間、ブログにアクセスしては、なんやかんやとコメントを残していった。その人物が原因で、何度、炎上したことか。もっとも、その炎上のおかげで話題になり、編集者の目に留まって本を出版することができたのだが。

「ネットって、恐ろしいわ。どこの誰とも分からない人に、いつのまにか敵にされて攻撃されるんだから。ほんと、ストーカー心理って、不思議よね」

そんなことを言っていた自分が、まさか、〝ストーカー〟の心境に陥るなんて。

もちろん、炎上させるようなコメントを残すようなことはしない。ただ、毎日こうやって覗いて「炎上しろ」と呪詛《じゅそ》を送っているだけだ。でも、それが立派な〝ストーカー〟心理だということは、分かっている。

「だって、仕方ないじゃない」

亜希子は、自己弁護に必死な往生際の悪い女の顔で呟いた。

「別れた元旦那のブログ……正確には今の妻のブログを見つけたからには、それを覗いてしまうのが人間ってもんじゃない？」

もっといえば、元旦那が不幸せであればいいと願ってしまうのも、また人間だ。なのに、元旦那は自分と結婚しているときよりも幸福そうなのだ。そうなると、どこかに不幸せの種が転がっていないか……と、ちょいちょいブログを覗いてしまうのも、人間。そもそも——

「美奈子だって、悪いのよ」

亜希子は、パソコンの画面を睨みつけながら毒づいた。

「こんな惚気《のろけ》ブログを立ち上げるから。……旦那の自慢、子供の自慢、家庭の自慢。こんなの、私じゃなくても、イラッとくるわよ。だいたい、美奈子という子は昔からそうなのよ。自分の半径一キロメートルぐらいの範囲にしか、気が回らない。だから、こんなプライベートなことも平気でブログにアップできちゃうんだわ。誰が見ているか……なんて、一切考えずに。私が見ているかもしれない……なんていうことも、一切想像せずに。ほんと、無神経な女なのよ！」

などと愚痴っている間にも、最新の記事が投稿された。

――来週の火曜日から、国元先生の個展が開催されます。国元先生はたっくんの書道のお師匠様。私は色々と忙しくてお邪魔できませんが、夫は、来週の土曜日の午後にお邪魔するようなことを言っています。

13

三月七日土曜日。

亜希子は、終活カレンダーに小さく書き込んだ文字を、改めて確認した。

その欄には、小さく「決別」とある。もちろん、亜希子自身が書き込んだものだ。

これを書き込んだのは、昨日だった。

先週、七日の土曜日に洋輔が国元先生の個展に行く……という情報を見つけ、なんとも形容しがたい気分に陥った。無理矢理喩えるならば、敵に、ミサイルを発射する日を事前に知らされた軍の幹部……という心境だ。防衛するか、それとも迎え撃つか。そんな二者択一に悩まされること約一週間。本当は、そんなことをしている場合ではなかった。余命はあと三ヵ月。終活カレンダーにも、いよいよクライマックスとばかりに「財産整理」と大きく記されている。これは梅屋百貨店外商の薬王寺涼子の文字で、その他にも「遺言《ゆいごん》作成」とある。だが、具体的にはちっとも進んでいない。

「終活で一番大切なのは、言うまでもなく、財産の整理と、その財産をどう分配するかを取り決めた遺言です」

ぐずぐずしている亜希子を諭すように、薬王寺涼子は言った。

「これをちゃんとしていないと、死後、遺族の間でとんだ相続争いが起こります。仲のよかった兄弟、姉妹、親類が、遺産相続を巡って骨肉の争いに陥るのです。私のお客様にもいらっしゃいました。何年も裁判で争っているお客様もいらっしゃれば、……殺人事件に発展してしまった例もあります」

殺人事件？ 人間、欲に目が眩《くら》むとそんなことまでしでかすの？

「いいえ。欲に目が眩む……というよりは、『損をしたくない』という戦いなのです。たとえそれが数万円の遺産であったとしても、取り分が兄弟より一円でも少ないのは我慢ならないものなのです。一円でも少ないと、自分の存在がそれだけ安くなる……と感じるせいなのかもしれません。だから、遺産相続の争いは、少ない遺産でも起こりがちなんです。いえ、むしろ、少ない遺産のほうが起こりやすい。遺産が少ないと、ちゃんとした遺言も残さないものですからね。それが火種になるんです。私の知っている方で、お母様の形見の浴衣一枚を巡って、裁判になった姉妹がおられました。そんな高価なものではなく、二万円するかしないか……という程度のものでしたが、そのお母様がとても大切になさっていたもので、二人の娘にそれぞれ『これをあげるから大切にしてね』と言っていたらしく、それで、取り合いになったようです。つまり、取り合っていたのは〝浴衣《ゆかた》〟というモノではなくて、自分がどれだけ母に愛されていたか……というプライドなのです」

なるほどね……と、亜希子は頷いた。

「でも、うちの場合は、そんな争いにはならないと思うけど」

そんなことを言ってみると、

「いいえ。絵に描いたような円満な家族でも、お互い無関心を貫いている家族でも、遺産となると、いきなりソープオペラのようなドロドロが巻き起こるものなんですよ」

薬王寺涼子は、いつになく熱く語った。

「だから、財産の整理と遺言書の作成だけは、生前にちゃんとしておきましょう」

そう言って渡された数冊の本。それはどれも遺言と遺産に関するものだったが。

残念ながら、まだ一ページも開いていない。

「……帰ったら、読むから。絶対、読むから」

言い訳するように、亜希子はひとりごちた。

そしてクローゼットを開けると、去年の春、薬王寺涼子が見立ててくれたディオールのワンピースを取り出した。

＋

青山一丁目駅一番出口から、徒歩二分。

いちょう並木の通りにほど近い某大手商社本社ビルの一角に、そのギャラリーはある。

個展がよく開かれていて、実は二度ほどぶらりと立ち寄ったことがある。一度目は創作ドールの個展、二度目は日本画の個展。どちらも二十代の作家の個展だったが、なるほどその作品は素人目にも素晴らしく、一度目も二度目も、作品を衝動買いした。

芸術作品にも厳しい目を持つ薬王寺涼子も、「いいお買い物をされましたね」と手放しで褒めてくれた。「ドールも日本画も、これからますます値が上がりますよ。来年には、たぶん、購入した価格の数倍、いや、十倍にはなるはずです」

まさか、そんな……と思ったが、彼女の言う通りだった。五万円で購入したドールの同等品が一年後には三十万円以上、六万円で購入した日本画にいたっては、同じサイズのものが百万円近くまで価格が上がった。いずれも、作家が世界で名立たる賞を獲ったのが理由だという。

「本当に、いいお買い物をされました。これらの作品は、これからますます値が上がりますよ」

先週も、薬王寺涼子はドールと日本画を見ながら、つくづくと言った。

「今現在、これらの作品を買おうとしたら、どちらも二百万円はくだりません」

えっ、そんなに！　つい、この前までドールが三十万円で日本画が百万円って言ってなかった？

「芸術作品の相場は、それこそ、投機……先物取引のようなところがありますから。どっかーんと上がることもあれば、どっかーんと下がることもあります。でも、海老名様がお買い上げになったこのふたつの作品は、作家がこれからますます活躍されるでしょうし、なにより中国のコレクターにも大変人気があるので、上がることはあっても下がることはまずございません」

つまり、株と同じように扱われているってことね。でも、中国のバブルが終わったら……それこそ、日本のバブルのときのように一気に下がることもあるんじゃないの？

「まあ、それもあるかもしれませんが。でも、本当にいい作品は高止まりするものです。バブル時に日本人が爆買いしたゴッホの価値が、いまだに下がることがないように」

なるほどね。じゃ、あのギャラリーは、さしずめ芸術家の登竜門、……もっと下世話に表現すれば金のなる木の苗床のようなところなのね。

「いいえ。それこそ玉石混淆《ぎょくせきこんこう》です。〝玉〟に出会う機会はたまにしかありません。あ、これ、しゃれではありませんよ。あのギャラリーは、基本、お金さえ出せば借りることができるので、むしろ石ころのほうが多いと思います」

では、国元先生はどちらなのかしら？

玉？　それとも石？

そんなゲスいことを考えながら歩いていると、あっというまにギャラリーに到着した。

「国元千鶴《ちづる》書道展」という立て看板と、スタンド花が所狭しと並んでいる。

──まるで、パチンコ屋の新装開店みたい。

以前、ふらりと立ち寄ったふたつの個展はどちらも、そこで個展が行なわれていることをむしろ隠すようにひっそりと地味だった。そのせいか、会場に入っても人はまばら。が、作品の半分以上は「売約済み」の札が付けられていた。どちらも、初日に行ったにもかかわらず。

が、今日のギャラリーはいかにも派手な装いで、通りすがりの人に見境なくポケットティッシュを配るがごとく、門戸を広く開けていた。そのせいか、中は大変な賑《にぎ》わいだった。その様子は、子供のピアノ発表会やバレエの発表会に通じるものがある。

やっぱり、「石」だ。

いやいや、ぱっと見だけで判断してはならない、ちゃんとその作品も見てみないと……そう、今日の私は、恩師に挨拶がてら、自宅に飾るインテリアのひとつを探しに来たのだ。決して、変な下心があるわけではない。

――そう、下心なんて、ないのよ。

そう自分に言い聞かせながら、亜希子はもう何度もその前まで行くのだが、どうしても中に入ることができなかった。

心臓が、故障したポンプのように出鱈目なリズムで鳴り響く。これじゃ、三ヵ月を待たずに寿命が来てしまう。

――落ち着くのよ、落ち着くのよ。そもそも、なんでそんなに緊張しているの？　なんでそんなに落ち着かないの？　これじゃまるで、好きな男子に告白しようとしている中学生の女子じゃない。五十も過ぎて、バカみたい。今日は、ただ、昔お世話になった先生にご挨拶して、そして作品を心行くまで鑑賞するために来たのよ。決して、洋輔が目当てなんじゃない。

――嘘よ、そんなふうに自分を偽るから、心臓がこんなにも落ち着かないんじゃないの。認めるのよ。洋輔に会いに来たことを。今の心境を嘘偽りなく告げるために来たことを。

――未練がある……って。

もっといえば、

――今でも、好き……だって。

そんなことを今更言われても、彼も困るわね。

でも、困らせたいの。困らせることで、私という存在をその脳の奥深くまで刻み付けたいの。そして、今こそ打ち明けたいの。

――私、死ぬんだよ。三ヵ月後に死ぬの。

そしたら、洋輔はどんな顔をするかしら？　困惑の表情？　それとも哀しみの表情？　どっちだっていい。とにかく、洋輔に今の私を見てほしい。そして一言でいい、慰めてほしい。……そしたら、私、多少の未練は引き摺るかもしれないけれど、清々《すがすが》しい気分でこの世とサヨナラできる。

「あ」

亜希子は、エントランスの前で、見覚えのある後ろ姿を見つけた。少し肉がついたけれど……洋輔だ。元夫だ。十年以上、共に暮らしたパートナーだ。

心臓が、破裂しそうなぐらい高鳴る。

顔もこんなに熱い。

何歳になっても、女って、こういうときは少女に戻るものなのね。

でも、ちょっと待って。メイクが崩れていない？　髪は？

柱の陰に隠れると、亜希子は手鏡を取り出した。と、そのとき、足元を何かが通り過ぎた。

「パパ！」

その声、その姿。

琢磨？

実際に会ったことはないが、美奈子のブログで何度となくその動画を見ている。

「え？」

そして、手鏡の奥に映り込む、これまた見覚えのあるその姿。

美奈子……！

＋

「悪魔よ、悪魔。あの子は悪魔だわ！」

亜希子は、薬王寺涼子を呼びつけると、早速、怒りをぶちまけた。

「あの子、わざと、ブログにあんなことを書いたんだわ！」

「あんなことって？」

薬王寺涼子が、桜餅《さくらもち》を皿に取り分けながら言った。

「だから、今日、洋輔だけが個展に行く……って。あれは、罠《わな》だったんだわ。そう、トラップよ！」

「トラップ？」

「私がブログを覗いていることを知って、それで、あんなことを書き込んだんだわ。ああいうふうに書けば私が個展に行くって……洋輔に会いに行くって、そう確信していたのよ。だから、あんなふうにわざわざ、詳細に情報をアップしたんだわ。確かに、なんか不自然だな……とは思ったのよ。なのに、私ったら、まんまとひっかかって。……ああ、美奈子も憎たらしいけど、あんなみえみえの罠にひっかかった私自身が許せない！」

亜希子は、薬王寺涼子が持ってきた桜餅を囓った。小さな桜餅だ。本来ならばひとくちでいくのだが、なにしろ食は日に日に細くなっている。ひとくち齧るのもやっとだ。

「やはり、もっと食べやすいものにしたほうがよかったでしょうか？」

「ううん、いいのよ。私が、リクエストしたんだから。……それに、桜餅を食べられるのも、今だけなんだから」

そう、亜希子は、季節ごとのイベントをとことん楽しもうと考えていた。だって、来年はもうないのだから。だから、二月の節分には、それまでしたことがなかった豆まきもしたし、豆も歳の分、食べた。ほとんど吐き出してしまったが。

「あの子はね、……美奈子って子はね、昔からそうだったのよ。私、何度もあの子には痛い目に遭わされた。……美奈子だけじゃないわ。お母さんだって、洋輔だって。……きっとみんなで示し合わせたんだわ。そして、みんなで笑っていたのよ、私がのこのこと個展に行く姿を見て！」

「海老名様……」

「分かった、私、決心した」

「なにを……ですか？」

「私、財産の整理なんかしない。そして遺言書も書かない」

「え？　……でも、そうなると、海老名様亡きあと、遺族に波乱が――」

「ええ、それが目的よ。私の遺産を巡って、骨肉の争いをすればいいんだわ」

そして亜希子は、窓に向かうと、カーテンレールからローラ アシュレイのカーテンを力任せに引き抜いた。

三鷹の部屋から唯一持ってきた、思い出のローラ アシュレイ。

洋輔からのプレゼントだった。

Chapter 6. 後悔（2015年4月10日）

14

去年、閉経しました。

結局、子供は産みませんでした。

いや、産めませんでした。

ということで、今日はマタハラ……マタニティハラスメントについて、私なりの意見を書いてみようと思います。たまには、ちょっと真面目にね。もちろん、いつも真面目なんですけど。


……ここまで入力して、亜希子はふとキーボードから指を浮かせた。いや、浮かせたのではない、浮いたのだ。ここ最近、指がまるで別の生き物のようだ。指だけじゃない。体のあちこちが自分とはまったく関係のない物体のようで、……もちろん、頬をつねれば痛いし、手をこすってみれば刺激はある。が、痛みも刺激も、なにか他人事なのだ。

四月になっていた。亜希子は、先月のあのときのことを思い出していた。

……そう。桜の開花宣言があったのが三月の二十日。本来ならば開花宣言から一週間後に満開になり、見頃を迎えるらしい。が、今年は開花宣言のあとに寒の戻りがあり、なかなか満開には至らなかった。一週間経っても二分咲き程度。その週末はあちこちで桜祭りが開催されていたが、主役であるはずの桜は頑なに蕾《つぼみ》のままで、提灯《ちょうちん》やライトアップ用の照明だけが悪目立ちするという間の悪い光景をあちこちで目撃することとなった。

所詮、そんなものだ。

人間がどれほどの情報をかき集めて予測を立てようと、現実はいつだって気まぐれで、人間の思惑をさくっと裏切る。

そうよ、人間の予測なんて、あてにならない。そんなものにすがりついているのは、愚かなギャンブラーだけ……と、亜希子は視線を緩めた。こうやって意識して緩めないと、いつのまにかどこかを睨みつけている。先日も、薬王寺涼子にやんわりと注意された。

「獲物を狙う、猫のようですよ」

もちろんそれは彼女流のジョークだ。最近、猫を飼いはじめたという彼女は、なんでもかんでも猫を喩えに出す。それが鬱陶しいというわけではないが、亜希子はつい、声を荒らげた。

「は？　猫ってなに？」

が、薬王寺涼子は、のんびりと続けた。

「猫って、暗いところにいるときだけじゃなくて、獲物を狙っているときも、瞳孔が開くんですよ。だから、まん丸い目になるんです。獲物を逃すまい……として、瞳から最大限に情報を吸収しているんでしょうね」

「……つまり、どういうこと？」

亜希子は喧嘩でも売るように声を尖らせたが薬王寺涼子はまったく動じず、それどころか厄介な病人を扱うように目を細めながら言った。

「ですから、海老名様も、きっと、この世の情報を今のうちにすべて取り入れておきたいという意識が、知らず知らずのうちに働いているんだと思います。あれもこれも焼き付けておこう、忘れないでおこう……って」

「つまり、今の私は、あれもこれも……と、がっついている女の顔をしているってこと？」

「いいえ、そうではなくて――」

「そういうことじゃない！」亜希子は場末のチンピラよろしく体を斜に構えると、声にドスを利かせた。「もうすでに処刑台に上がっているというのに、あれもしたい、これも食べたいと、目をぎらぎらとさせている往生際の悪い死刑囚みたいなもんだって」

「……そんなこと、申しておりません」

「ううん、結局は、そういうことなのよ。奇麗な言葉でいろいろと誤魔化しているけれど、あなたの言いたいことは、ひとつよ。みっともない、観念しろ、そして潔《いさぎよ》く死ね……ってね」

亜希子の声は、品のないスケ番のそれだった。まるでカツアゲしているようだと自分でも思ったが、止まらない。

「だから、今日だって、霊園のパンフレットなんか持ってきちゃってさ！」

亜希子は、薬王寺涼子が持ってきた霊園のパンフレットをバンバンとテーブルに叩きつけた。三鷹にある、民間の霊園。洋輔と一度、行ったことがある。行った……というか、散歩をしていたらたまたま迷い込んだのだ。素敵なところだった。「死んだら、ここに入りたいね」なんて、どちらともなく呟いてしまうほどに。

さすがは、薬王寺涼子。そんなこと一度も言ったことなかったのに、ちゃんと私の願望を汲《く》み取っている。……が、その優秀さが、ときにカンにさわるのだ。

「どうせ、心の中では、私みたいな女なんて、とっと死にやがれって思っているんでしょ！　だからこんなパンフレット！」

亜希子は、再び、パンフレットを叩きつけた。

一方、薬王寺涼子は駄々っ子を相手にする保育士のごとく、ますます優しい口調で
……いや、同情心たっぷりの口調で言うのだった。

「いいえ、違います。私は、ただただ心配なのです。海老名様の神経が、ここ最近昂《たかぶ》っていることが。お顔にも、常時、緊張が走っていて……」

亜希子のイライラは、ピークに達した。

「悪かったわね！　どうせ私の顔は、こんなんよ！　昔からよ、生まれつきよ！」

こうなったら、止まらない。

「病気のせいなんかじゃない、私は昔から、こういう意地の悪い顔をしているのよ。誰か不幸せな人はいないか、どこかにネタになりそうな面白い事件はないか、そんな人の不幸を探してばかりだったからね！　これは家系なのよ、私の母親も噂話の大好きな人で、子守唄代わりに近所の噂を聞かされたものよ。いってみれば、私は噂ハンターの英才教育を受けてきたようなものなのよ。だから、こういう顔になるのは、仕方ないのよ！」

薬王寺涼子がなにか言い訳をしようと口角を上げたが、亜希子は止まらなかった。

「だいたい、薬王寺さんは、ちょっと無神経なところがあるよね。私のちょっとした不調をいちいち見つけだしては、なんでもかんでも病気のせいにしてさ。そういうのやめてよね！　私、ぴんぴんしてんだから、この通り、ぴんぴんよ！　あと二ヵ月で死ぬなんて、なにかの冗談じゃないかって思うぐらいよ！　そうよ、桜だって、全然、咲いてないじゃない！　今日は、満開になるって言っていたのに、全然じゃない！」

そう、その日は花見を計画していた。開花宣言から一週間経った、三月二十七日。

部屋の窓から、桜が見える。高層階なので見下ろす形だが、これがなかなか美しいのだ。青山、赤坂の雑然とした街並みの隙間に桜色の充填材《じゅうてんざい》を塗り込んだような、そんな箱庭的な味わいが楽しめる。去年はいろいろと忙しくてそんな箱庭を存分に楽しむことができなかったから、今年こそは……と思ったのだ。だから、開花宣言を聞いた時点で、薬王寺涼子にリクエストしたのだ。

「今週末、部屋で花見をしたいの。だから、花見弁当をお願い」

亜希子は決めていた。この命が尽きるまで、とことんイベントを楽しもうと。

そして届いたのは、明治座《めいじざ》の折詰弁当だった。

が、肝心の桜は二分咲き程度。部屋の窓からは、点ほどの桜色すら認めることはできなかった。

お弁当は豪華で美味しかったけれど、……だからこそ、虚無感もひとしおだった。花の気配すらない寒々とした風景を見ながらの、花見弁当。まさか、人生最後の花見が、こんなふうに終わるなんて。……そんなことを思ったら、誰かに当たらずにはいられなかった。だからといって、あそこまで言うことはなかった。

あれから、二週間。

薬王寺涼子からの連絡はない。

なんてことをしてしまったのだろう。今の私にとって、たった一人の理解者なのに。たった一人の協力者なのに。そんな大切な人を、自ら遠ざけてしまった。

亜希子は、入力途中のパソコンに向かって、重苦しいため息を吐き出した。

思えば、私の人生、こんなことばかりだ。生まれ持ったものなのか、それとも環境が作り出したものなのか、この卑屈で天《あま》の邪《じゃ》鬼な性格が恨めしい。この性格のせいで、私は今までいったい、どれほどのものを失ってきたのだろう。

一方、妹の美奈子は。

美しいものは美しい、好きなものは好き……と、素直に表現することができる子だ。だから、あの子はいつだって愛されてきた。あの子が生まれたとき、母は言ったものだ。「美奈子は、銀のスプーンをくわえて生まれてきたような子ね」と。その言葉通り、美奈子は今までも、そしてこれからも、愛し愛され生きていくのだ。夫と子供とともにに、幸福の一本道を歩んでいくのだ。そうして、皆に惜しまれながら、満ち溢れた最期を迎えるのだろう。

もちろん、人生はそんなに甘くない……ということは百も承知だ。どんなに幸せに満ちた人でも、突然不幸に見舞われることはある。あるいは、その幸せが見せかけの張りぼての場合だってある。

でも、世の中には、きらきらと暖かい、ひだまりいっぱいの人生が用意されている人が確実に存在するのもまた事実だ。その陰で、幸せの道が用意されているのにどうしてもその道からはずれて、日の当たらないじめじめと湿った裏道に迷い込んでしまう人がいる。私はどちらだろう？　そんな自問が虚しいほどに、後者だ。……でも、あのとき。あのとき、選択を誤らなければ、今、私はこうして一人っきりで、無駄なため息をいくつも吐き出していることもなかっただろうに。

そう、あのとき。……あのとき、子供を望んでいたら、私はどんな人生だったろうか。

そんな仮定が、ここ数日、亜希子の思考にノイズのように入り込んでくる。

あのとき、あのとき、あのとき……。

それは、ノイズというよりは、はっきりとした囁きだった。何者かが頭の中に入り込んで、ずっと囁いている……そんな思いに囚われて、それこそ頭が変になりそうだった。

仮定など、本来好きではないはずなのに。後戻りができない三次元に生きる身なのだ、あのときこうすれば、こうしておけば……などという仮定は、現状をますます惨めにするばかりだからだ。

でも。囁きが止まらない。

あのとき、あのとき、あのとき……。

「私、やっぱり、後悔しているってことかしら？　……自分の人生が、〝失敗〟だったと？」

囁きは、亜希子にそんな濁った思いも連れてくるのだった。

「もしもあのとき……って仮定するってことは、要するに、今の自分の人生に満足していないってことよね。……違う？」

違うわよ！

亜希子は、激しく頭を横に振った。

後悔なんか、しているはずないじゃない。私の人生は、これでいいのよ。素晴らしい人生よ！　だって、私は一人で立派に生きているじゃない。立派なんてもんじゃない、人も羨む人生よ！　去年の年収なんて、七千万円よ？　出版社の編集者さんたちにはちやほやされて、テレビに出演するときだって、大御所用の楽屋が割り当てられるのよ？　それに、それに、こんな素敵な部屋にも暮らしているんだから。家賃は六十万円よ！　部屋はここだけじゃなくて、六本木にもあるのよ。余命はあと僅《わず》かだけど、でも、人生のピークで息絶えるのは、ある意味幸せだと思うの。そうでしょう？　違う？

……我ながら、なんて程度の低い意地っ張りなのだろうと、亜希子は自嘲した。

これが美奈子だったら。……あの子だったら、「あのとき、ああしておけばよかった」と素直に後悔し、そして二度と同じ失敗をしないように反省もする。

こんなふうに意固地になるのも自分の悪い性格だと、亜希子はふと思う。

そうなのだ。ときには後悔も必要なのだ。過ぎたことだからと、後悔の念まで合理化したり正当化したりしてしまうのは、悪循環しか生み出さない。

でも、こんな人生の土壇場で後悔したところで、……なんになるの？　私は、もう長くないのよ。二ヵ月後には、灰になる運命。今さらなにをしたって、無駄よ。

無駄よ！

暗闇色のパソコンディスプレイに、自身の顔が映し出される。

なんて、怖い顔。これじゃ、包丁を研ぐ、鬼婆《おにばば》。

今月に入って、一気に老け込んだ。そのスピードは凄まじく、一日で一年が過ぎたような錯覚に陥る。こうしているうちにも、猛スピードで細胞が老いていっているのが分かる。もう、なにをやっても無駄だ……という諦めを覚える一方、こんな顔を目の当たりにすると、どういうわけか気力も湧いてくるのだった。……たぶん、それは、〝女〟という性《さが》から来る、本能的なものだ。

「そろそろ、髪、切らないと」

15

銀座五丁目にあるヘアーサロンは、薬王寺涼子の紹介で通いはじめた。雑居ビルの地下にあるこのサロンは、外から見るとそれだとは分かりづらい。分かりやすくする必要がないからだ。ここは一見さんお断りの完全予約制。予約するにも、紹介がないと門前払いされる「会員制」のサロンだ。

「海老名さん、なんだか、痩せましたね？」

鏡越しに、スタイリストのジョージさんが、無表情でそんなことを言った。

無表情は、彼のトレードマークだ。初めての人にも十年来の友人のように接するのが美容師の定番だが、だからこそ、彼のような無表情は実にありがたい。美容師にありがちなビジネススマイルは、ひどく疲れる。こちらも、それ相応のスマイルを返さなくてはならないからだ。そんな気疲れをするくらいなら美容サロンなんか行かないほうがいい、などと、一時は思いつめたこともあったほどだ。だから、髪の毛を伸ばしていた時期もあった。

でも、自分でも分かっていた。「私は、ショートのほうが似合う」と。

二年前、このサロンでショートにしたときに、それは見事に証明された。「うっそー」と女子高生のような声がつい出てしまうほど、垢抜《あかぬ》けたものだ。もちろん、彼の腕があってのことだろう。同じショートでも、違う人が担当したならば、かえって老け込んでしまった恐れがある。

「海老名さん、今日は、どうします？」

ジョージさんがそんなことを聞くなんて、珍しい。いつもは、無表情かつ無言のまま、まずは天を仰ぎながら目を閉じる。次に指揮者のように両手を優雅に揺らし、そんなことを一分ほど続けたのち悟りを得た仙人のごとくカッと目を開けてウンウンと二度頷く。そして、やおら、ハサミを髪に沿わせる。いわゆるルーティンで、それはこの二年間、揺るぎない一連の儀式だった。もちろん、その間、一言も言葉は発しない。

なのに、初めてここに来たときですら、ジョージさんは特に何も聞いてこなかった。

「海老名さん、今日は椅子に座った途端、話しかけられた。

さらに、

「海老名さん、なんだか、痩せましたね？」

「海老名さん、今日は、どうします？」

ジョージさん、いったい、どうしたの？

いつもと違うじゃない？

と、鏡に映るジョージさんを見ると、心なしか、彼の顔はギョッとしている。そういえば、受付の女の子もこんな顔をしていた。「海老名様、……お水でもお持ちしましょうか？」と声を震わせながら。

亜希子は、改めて、鏡を見てみた。今度は、自分自身に焦点を合わせて。

……これじゃ、仕方ないわね。

「白髪、増えたでしょう？」

亜希子は、笑ってみた。そして、

「女性ホルモン、足りてないのかも。だからなのかしら、なんだか、ここのところ、一気に老け込んじゃったのよ。イソフラボン、ちゃんととっているんだけどな……」

などとおどけながら、ついでにこんなことも告白してみる。

「閉経、したのよ」

ジョージさんの下瞼が、ヒクヒク痙攣《けいれん》しはじめた。……そんなことを言われたって。

そんな心の声が聞こえるようだ。が、亜希子はノリノリで話を続けた。

「閉経して、私、〝女〟という性から卒業……ううん、解放されたように思うの。もっといえば、ようやく〝人間〟になったような気がする。私の人生の第二ステージがはじまったということかな」

我ながら、どうも言い訳がましい感じがする。強がりというか。でも、もう止まらない。

「これからは、ナチュラルに生きていこうと思うの」

あと二ヵ月しかないけどね……などと、心の中で突っ込みを入れながらも、亜希子は続けた。

「だからね、今回は白髪を生かした髪型にしてほしいかな……って」

きょとんと戸惑いながらも亜希子の語りを聞いていたジョージさんだったが、ハッと我にかえると、

「なるほど、それならば――」

と、何かを閃《ひらめ》いた体《てい》で応えた。が、その目はいまだ戸惑っている。その戸惑いを誤魔化すとでもいうのか、彼は自らいそいそとヘアーカタログ誌を何冊か、運んできた。こんなことも初めてだ。そもそも、このサロンにヘアーカタログなんてないと思っていた。スタイリストにすべてを任せる……というのが、このサロンのコンセプトだからだ。

「この髪型はいかがですか？　これならば、テレビ映りもいいと思いますよ？」

ジョージさんが選んだのは、シルバーヘアーがメッシュで入っているショートボブだった。なるほどこれだったら、いかにも信頼のおけるコメンテーターという感じだ。

でも。

「もう、テレビに出ることはないから、……テレビ映りのことは考えなくていいわ」

と、亜希子はやんわり、〝NO〟と意思表示した。

「え？　テレビ、出ないんですか？」

ジョージさんが、またもやきょとんとした顔で、鏡の中の亜希子を見た。が、鏡越しに目が合うと、見てはいけないものを見た……という素振りで慌てて視線を外した。

それでも、亜希子はジョージさんの質問に応えた。

「うん、テレビは、先月、全部降りたわ。これからは、執筆のほうに集中しようと思って。テレビとかやっていると、どうしても執筆のほうが疎かになっちゃうんで、それじゃ、本末転倒じゃない？　もともとは、本の宣伝のためにテレビに出はじめたのに、そのテレビのせいで本が出せなくなったら――」

ここまで話したところで、何かわけの分からない感情が突き上げてきて、ワサビでも食べたかのようにツーンと鼻の奥が刺激された。鏡を見ると、涙がツゥゥと頬を流れている。

「あら、いやだ。閉経すると、涙もろくなっちゃって。そういえば、最近、頻尿もあるのよ。歳をとると、体の中の水分をうまく調節できなくなるのかしらねー」

なんとも品のない言い訳だ。が、こうなったら、この茶番を続けるしかない。

亜希子は、「ヤダヤダ、イソフラボン、とらなくちゃ〜」などと、妙な節をつけながら、鏡の前に置かれた女性誌を一冊、手に取った。そしてやみくもにページを捲ると、「へー、最近は、ママ名刺なんていうのがあるのねー」などと、適当なページで指を止めた。

……あ、指先、かなり荒れている。この後、ネイルサロンにも行かなくちゃ。

「ああ、ママ名刺ですか」

ジョージさんは長い首をさらににょろりと伸ばすと、ページを覗き込んだ。そして、無口な彼にしては珍しく話題を振った。

「ある女性誌が特集したのがきっかけで、今、流行っているみたいですね。……流行っているというか、今やマストアイテムみたいですよ、ママたちの。僕のお客さんにも、ママ名刺を作っている人、多いですからね」

「へー。そうなの」

だったら、美奈子も作っているかしら？　……作っているわけないか。あの子は、天邪鬼なところがある。流行っているものとかマジョリティー的なものをあえて外すというか。

……あら？

「へー、なるほどね。名刺といっても、自分の名前だけじゃなくて、子供の名前とプロフィールを記すのね」

亜希子は、ページの端によりをかけながら言った。好奇心が最大限まで肥大したときの癖だ。

「それにしても、すごいわね。子供の顔写真から住所、そして詳しいプロフィールまで」

亜希子は唖然《あぜん》としながらも、そのページをかぶりつくように眺めた。

「個人情報をこんなに盛り沢山。……こんなの配って、問題にならないのかしら」

個人の情報漏洩《ろうえい》が大ニュースになる昨今、なのに、一方ではこうやって自ら個人情報をばらまく。なにやら、歪《いびつ》な構図だ。きっと美奈子なら、「結局、母親の自己主張でしょ。エゴなのよ、エゴ。バカバカしい」と、一蹴するに違いない。そう、これは自己主張……自己表現にほかならない。子供という存在を借りて自己を表現するというのだから、なんとも屈折しているが。

「実際、いろいろと問題になっているみたいですよ」

これまた珍しく、ジョージさんが話題をつなげた。……いつもなら短い受け応えだけで、それもどこか面倒くさそうなのに、今日はやたらと積極的だ。

「名刺のデザインや紙を失敗すると、カーストの底辺になってしまうんだそうです。だから、必死なんですよ、ママたちも」

「デザインや紙を競っているってこと？　なんか、昔、そんな映画があったわね」

あれは、なんていう映画だったかしら。確か、アメリカの映画。社会の上層部に君臨する若きエグゼクティブたち。彼らは常に競い合う。自分こそが上なのだということを知らしめるために。その一例が名刺バトル。フォント、紙、そしてデザインを友人たちと競う。負けた……と思った相手には殺意すら抱く。

たかが名刺、されど名刺。そう、名刺はいわば自身の分身なのだ。自分の名が刻まれている以上、それが誰かに劣るということは、自分の格まで下がったも同然なのだ。

「しかもママ名刺は自分だけではなくて、子供の名前も印字されているわけだから――」

母親はさらに躍起になるだろう。自分の格が下がっても子供の格は下げたくない！　というのが母親の本能だからだ。

それにしても――

「あら？」

亜希子の指が、再び止まった。

「ウソ、名刺ケースまであるの？」

見開き二ページで紹介されているのは、ママ名刺用のケース。それはどれもブランドもので、安いものでも二万円。

「ウソでしょ！　私が会社員だった頃だって、せいぜい三千円くらいのケースだったわよ！　今だって、一万円のやつよ。それでも高いかな……なんて思っていたのに、仕事でもなんでもないママ友同士の自己紹介用の名刺に、なんだってこんな高価なケースを！」

言いながら、なんともワクワクした気分になっている。自分は、こういう話題が大好きなのだ……と思い知る。

「きっと、ママさんたちの多くは、もともとは名刺をバリバリ活用していたワーキングウーマンだったんじゃないでしょうかね？」

ジョージさんが解説する。その口振りはなかなかの雄弁家を思わせる。まるで、どこぞのテレビ番組のコメンテーターのようだ。

「仕事をしていたときは、自身の働きぶりがそのまま自己評価に結びつく。名前だって自分自身の名前を呼ばれる。つまり、アイデンティティーがちゃんと保たれている。ところが、〝ママ〟になった途端、『ナントカくんママ』とか『ナントカちゃんのお母さん』とか、子供あっての自分という存在になってしまう。これは、つまり、アイデンティティーの崩壊ですよ。だからこそ、ママ名刺なんていうのを作って、かろうじて、アイデンティティーを保っているんじゃないでしょうかね？」

ジョージさんが止まらない。

「いや、違うな。……もしかしたら、彼女たちは〝ママ〟であることにこの上ないアイデンティティーを感じているのかもしれない。だから、『ナントカくんママ』とか『ナントカちゃんのお母さん』なんて呼ばれるのはむしろ、誇りなのかもしれない」

「どういうこと？」

「男尊女卑の時代は、女性の地位はそれこそないに等しい。ところが、子供を産んで初めてその地位が上がる。つまり、〝人〟として認められるんです。男子を産めばなおさらです。『女は弱し、されど母は強し』というのは、メンタルを指してのことではなくて、社会的地位のことを指しているんだと思うんです。ただの女は底辺だけれど、母になって初めて人としての権利が生じる……という。今でも、男尊女卑の習性が色濃く残っている地域では、子供を産まない女性の地位は低いままだと聞いたことがあります」

……もちろん意識してそんなことを言っているわけではないのだろうが、子供を持たない亜希子にはなかなか辛辣《しんらつ》な言葉だった。亜希子の顔が、自然と歪む。

「男女平等が叫ばれるようになったのは、せいぜいここ数十年のことです。それまでは、男尊女卑は何千年と世界中にはびこっていた。そんな長い歴史があるんですからね、表面上は男女平等などといってみても、遺伝子レベルではまだまだ男尊女卑の頃の習性が染み込んでいるんじゃないでしょうかね。……そうですよ。遺伝子的にいえば、男女平等なんかよりも重要なのは子孫を残すことです。だから、女性のアイデンティティーは〝母〟になってこそなんです。そういう観点から見れば、ママ名刺を作るなんていうのは、案外、自然な……もっといえば、本能的な行為なのかもしれませんね。ママにとって〝母親〟とはステータスそのもの、仕事も同然なのかもしれませんね」

むかつく言い分だが、的を射ている点もあった。

とはいえ、このままウンウンと納得もしたくない。

「仕事？　仕事で、こんないかにもな名刺ケースなんか持っていたら、かえって顰蹙《ひんしゅく》を買うわよ。ママ友同士だって、同じじゃないの？　こんな〝いかにも〟なものを持っていたらなんか厭味にならない？　うん、絶対、厭味。それが原因で間違いなくぎくしゃくするわよ。カーストができる原因にもなるんじゃない？」

亜希子は、テレビで問題提起するときのように、熱弁をふるった。そして、手にした女性誌を指でとんとんと叩くと、

「……まったくね、この手の女性誌は、なんだかんだいって格差を煽っているだけなのよ。ここに掲載されているものが買えずに眺めるだけの人。そして、難なく買える

人。その両者の間の溝を埋めるどころかどんどん深く掘り下げて、断絶させている。ううん、断絶していればそれはそれでいいのよ。持たざる者と持つ者が出会うことがなければ、諍《いさか》いも軋轢《あつれき》も生まれないもの。でも、違うのよ、出会わせるのよ、この手の女性誌は！」

亜希子は、ここまで言って、はっと思い出した。

……この女性誌に、私も連載しているんだった。……そうだ。今書いている原稿がまさに来月号用。

ぱらぱら捲ると、見覚えのあるタイトルがあらわれた。

『素敵にシンプルライフ』

我ながら、なんて陳腐なタイトル。

「私が考えたわけじゃないんだけどね」亜希子は、言い訳するように言った。「私は、もっとキャッチーなタイトルを提案したんだけど。……この女性誌のコンセプトに外れるからって、変更させられたのよ」

「でも、エッセイそのものは、とても面白いですよ。僕、毎月、欠かさず読んでますよ」

お世辞だと分かっていても、嬉しい。

「うちの奥さんも、毎月読んでますよ」

……あら、奥さん、いたの？　なんでか、ちょっと残念な気分になる。もちろん、この人とどうにかなろうなどとは一度も考えたことはない。が、自分の髪をこうやって触らせている相手なのだ。だからなんとなく、特定の相手はいないでほしかった。その指で奥さんと……という余計な妄想がちらついて、ちょっとゾッとする。

「でも」亜希子は、頭の中のよからぬ映像を散らすと、言った。「このエッセイ、来月号で最終回なの。今書いている分で、終わり」

「え？」

しかし、ジョージさんの顔はそれほど驚いてはいない。むしろ、「なるほど」と合点しているような様子だ。実際、「……なるほど」と、しみじみと呟くのだった。

「先生のエッセイ、本当に面白かったのに。……面白いというか、心に響くというか。今月号のエッセイなんか、特に。僕の奥さんも、エッセイを読みながらなにやら考え込んでいました。女性誌という媒体であるにもかかわらず、ここまで斬り込む先生の姿勢が素晴らしいと」

ここまで褒められることはなかなかない。「ありがとう」とそっけなく応えたものの、その口元がぐふぐふと緩んでいる。

……でも、私、なにを書いたんだっけ？　原稿は先月書いたものだが、その内容はすっかり忘れている。

亜希子は、先月の自分の姿を追いかけるように字面を追った。

＋

「ねえ、お願いがあるんだけど」

母から、そんなメールが来ました。

「プラカのバッグを買ってほしい。布製でショルダーになるやつ」

いろんな意味で、ぎょっとしました。

まずは、「プラカ」ってなんだ？

いやいや、その前に、これはおねだり？

こんなこと、私の人生で初めてでした。母は昔気質の倹約家。「清貧」を理想とするところがあって、人におねだりするようなことなんて今まで見たことも聞いたこともありません。なにかちょっと不安になり、電話をしてみました。

「プラカって何？」

「あ、ごめん、打ち間違えたみたい、プラダよ。プラダ。……知らない？」

プラダ！　ここでもまた吃驚《びっくり》です。繰り返しますが、母の理想は「清貧」。なので、今までブランドものとは縁がありませんでした。お出かけ用のバッグだって、ノーブランドのものを修理しながら何十年も使用しています。

「あれ、とっくの昔に、捨てちゃったわよ」

「捨てた？」

「とっくの昔よ。もう、二十年も前の話よ」

私の中の「母像」がちょっと揺らぎます。私の中の母は、質素で倹約家でそしてちょっと硬派。私が小学生の頃なんか、

「大切なのは、名前じゃない。質よ。名前に惑わされるなんて、愚かなこと。質が優れていれば、名前なんて関係ないのよ」

……と、私のランドセルを見てはいつもぼやいていたものでした。というのも、私のランドセルは、父方の祖父が買ってくれたブランドものだったからです。

そんな母が、プラダ？　ブランド中のブランドじゃない！

いったい、どうして？

「フラダンス教室で知り合った人がね、自慢するのよ、プラダのバッグを――」

つまり、こういうことでした。フラダンス教室の仲良しグループのボスが家族のことや持ち物などをなにかと自慢する。その日もプラダのバッグを息子に買ってもらったと、ずっと自慢。で、日頃から悔しい思いをしていた母は、つい「私も娘にバッグ

を買ってもらうのよ」と言ってしまったんだそうです。だから、その人と同じバッグがなにがなんでも欲しいと。そうはいっても、そのボスと同じバッグを買ったところで、かえってギクシャクするんじゃないのかしら？　と、心配しつつも、お世話になっている外商さんにバッグを持って来てもらいました。

そのお値段、約二十五万円。

やっぱり、信じられない。

私の知っている母なら、「まあー、バッグに二十五万円だなんて！　バカじゃないの？」と言うはずです。私が祖父にランドセルを買ってもらったときのセリフです。ランドセルは、確か、五万円。

「ランドセルに五万円だなんて！　バカじゃないの？」

そんな母が。なぜ、二十五万円のバッグを欲しがるのか。いや、バッグそのものが欲しいんじゃない、ただ、見せつけたいだけなのだ、その〝ボス〟に。つまり、ただの見栄。

なにか、しょっぱい気分になりました。

「母は、もう七十をとうに過ぎているのよ？　なのに、ブランドで知人と競うなんて……。そんなの、バカげてない？」

私はよくよく考えて、バッグは買わずに外商さんを帰しました。

ところが――

＋

「今回のエッセイは、本当に面白かったな。……面白いというと語弊《ごへい》がありますが」

カラーリングもカットも終わり、あとはブローという段で、ジョージさんが話を蒸し返した。

「え？」

「ですから、プラダのバッグの話ですよ」

「ああ……」

亜希子は、鏡の前に積まれた女性誌に手を伸ばした。が、すぐに、手を引っ込めた。

「でも、お母様の気持ちも分かるな。お母様は、本当にプラダのバッグが欲しかったんですよ。もちろん、お友達を見返してやりたいとか自慢したいという見栄もあったでしょうが。……でも、それだけじゃないと思うな」

「でも、母は、昔からブランドには興味のない人なのよ？　むしろ、バカにしていた。二年前のお誕生日に、エルメスのお財布を買ってあげたときだって。……ありがとうの一言もなかったんだから」

「エルメスのお財布？」

「そう。ありがとうどころか、あんまり趣味じゃない……とまで言ったのよ？　……まったく、いくらしたと思うのよ。価値が分からない人に贈っても虚しいだけよね」

「ああ、なるほど」

「なに？」

「たぶん、それだ」

「だから、なに？」

「お母様、たぶん、お財布を誰かに褒められたんですよ。それで初めて、ブランドが持つ力に気がついたんです」

「え？」

「うちの奥さんがまさにそうでした。それまではブランドには興味がなくて、ストリートファッションやファストファッション中心の人だったんですけど。いつだったか、奥さんにジミーチュウの靴をプレゼントしたんです。反応はイマイチだったんですが、ある日ショップの店員に褒められたらしくて。それがきっかけでブランドに目覚めてしまいましてね」

「……つまり、どういうこと？」

「ブランドというのは、ただ持っているだけで、その人のステータスをぐんと持ち上げてしまう魔力があります。奥さんが言ってました。ジミーチュウの靴を履いているというだけで、ショップの店員の態度がガラリと変わったって。それまではどこか雑に扱われていたのに、そのときだけは極上の客を扱うように丁寧で親切だったって。そのとき、奥さんが感じたのは〝自信〟だそうです。奥さんはどちらかというと対人恐怖症ぽくて背中を丸めてこそこそ歩くようなタイプなんですが、ジミーチュウの靴を履いていると自然と背筋が伸びるんだそうです。そして、人の目が気にならなくなった。いやむしろ、人の目が快感になったと」

「まあ、確かに、ブランドにはそういう効能もあるでしょうね。でも、やっぱり、諸刃の剣よ。その使い方を間違えれば、金銭的に破綻するわ。……事実、バブルの時代には多くの若者が、カードローン地獄に落ちたものよ。私だって――」

そこまで言って、亜希子は口を噤んだ。と、同時にセットが完了した。

それは、シルバーメッシュのボブスタイル。

「やはり、この髪型が今の海老名さんにピッタリだと思いまして。手入れも楽ですよ。手ぐしでOKです」

手鏡で後頭部を映しながら、ジョージさん。

さすがにいい腕だ。白髪をうまく利用して、スタイリッシュにまとめてくれた。

でも、どうしてだろう、あんまりしっくりこない。なんだか、ちょっと怖い。……

サイコだ。サイコ？

「あ、思い出した」

そしてそれを確認するために、ポーチの中からスマートフォンを取り出すと、続けて検索サイトを開いた。

「思い出したのよ、名刺バトルがある映画のタイトル。確か、『アメリカン・サイコ』って映画よ」

アメリカン……と入力したところで、ふと、『海老名亜希子』という字面が飛び込んできた。いうまでもなく、自分の名前だ。検索サイトのニューストピックスに自分の名前がある。

「……なんで？」

反射的に、背筋に冷たいものが走る。恐る恐る字面を追ってみると、

『人気お掃除コンシェルジュ、海老名亜希子の呆《あき》れた正体』

「……気にしないことです」

ジョージさんが、手鏡を弄《もてあそ》びながら言った。

「そういうのは、大抵、根も葉もない噂ですから。妄想ですよ。タチの悪い妄想」

つまり彼は、すでにこの記事を読んでいるのだろう。なんとも複雑な笑みを浮かべながら、憐れむように続けた。

「ネットの噂なんてしょうもないものばかりですから。……気にしないことです」

ジョージさんがそう言えば言うほど、指がヒクヒクと反応する。

「気にしないことです」

しかし、亜希子は、その見出しをクリックしてしまった。

現れたのは、この世のものとは思えないグロテスクな画像。……そう、ゴミ部屋だ。

「あら」

亜希子の口から、他人事のような声が飛び出す。

が、ジョージさんは自分のことのように、声に怒りを滲ませる。

「ネットには、そういう輩《やから》がいるんですよ。根も葉もないことをまるで真実のように吹聴して、人を陥れようとする性根の腐ったやつが。相手が有名人であればあるほど、そういう輩は容赦ないものです。そう、ただのやっかみなんですよ、妬み。嫉《そね》み。手の届かない場所で華やかに活躍している人が憎くて仕方ないんです。可哀相なやつらです。有名人のスキャンダルをばらまくことで、何者にもなれない自分を慰めているんですからね。……だから、気にしないことです。だって、その画像、フェイクでしょう？　ねつ造でしょう？」

ねつ造？

「僕、海老名さんのお部屋、見たことがありますよ。いつだったか、雑誌で紹介されていました。そうそう、テレビでも見ましたよ。去年だったかな――」

ああ。本のタイアップで出演した、アイドルが司会のあの番組。……あのテレビのおかげで、あのときは本がよく売れたわ。あっというまに百万部を突破したんだっけ。

「見事なお部屋ですよね。ものすごく奇麗に片付けられていて、インテリアも洗練されていて。まさに、高級マンションのモデルルーム、いや、それ以上です。僕の奥さんなんて、あれこそ理想の部屋、ああいう部屋にするんだって、海老名さんの本をかたっぱしから取り寄せて、インテリアの参考にしていますよ」

今、住んでいる南青山の部屋ね。あの部屋は、確かに洗練されている。我ながら、惚れ惚れしちゃう。……もっとも、あの部屋を選んだのも、インテリアを選んだのも、薬王寺涼子だけど。

「なのに、この部屋ときたら！」

ジョージさんは、その長い首をさらに長くして、亜希子のスマートフォンを覗き込んだ。

「ゴミまみれで汚くて、インテリアのセンスも醜悪。テレビや雑誌でいろんなゴミ部屋を見ましたけどね、これほど酷いゴミ部屋は初めてですよ。まさに、昔の夢の島だ。こんな部屋が、海老名さんの部屋であるはずもない。いったい、どこからもってきた部屋なんだか。……ねつ造するんなら、もっとそれらしいものをもってくればいいものを。こんな掃き溜めみたいな部屋が海老名さんの部屋だなんて、誰も信じませんて。……本当に、バカバカしい悪戯《いたずら》です。悪戯にしても、稚拙すぎますけどね。いずれにしても、気にしないことです」

ジョージさんは、「気にしないことです」を五回ほど繰り返した。その調子がなにかの暗示のようにも聞こえ、亜希子は次第に、事の重大さに気づいた。

ジョージさんが、六回目の「気にしないことです」を発したとき、

「どういうこと⁉」

と、亜希子はスマートフォンを片手に、声を上げた。

「薬王寺さん、大変！」

亜希子は、電話がつながると同時に叫んだ。相手は梅屋百貨店の外商・薬王寺涼子だが、流れているのは留守番電話サービスの音声だった。

「薬王寺さん、緊急事態よ。このメッセージを聞いたらすぐに折り返して。……なんだかよく分からないけど、ネットで大変なことになっているのよ――」

ここまで言って、亜希子ははっと思い当たった。

……そうだ、私、彼女と喧嘩しているんだった。喧嘩？　いや、喧嘩はしていない。ただ、私が一方的に暴言を吐いて、それきり距離ができてしまっただけだ。だからな

んとなく、こちらからは連絡しづらかっただけ。

だとしても、薬王寺さんのほうから連絡してくれてもいいのに。……いや、思えば、彼女から連絡があったことは一度もない。それが彼女なりの営業スタイルなのだという。こちらから売りつけるようなことはしない。お客様の必要なときに必要な物をお届けする、そう、さながら魔法のランプの魔神のように、お客様が望んだときのみ現れる、そんな存在でありたいと。

でも、時と場合による。今回のようなときは、「なにかご用はございますか？」と、あちらから連絡を入れてほしかった。いや、今までの彼女なら、そうしていたはずだ。

なにか、いつもと違う。

そうだ。留守番電話サービスに切り替わることなんて、今まで一度もなかった。世の中がお休みのときだって、どんなに常識外れな時間だって、彼女は必ず電話に出てくれた。しかも、三コール以内で。

なのに、今日は、……なんで、留守電？

亜希子の胸が、ざわめく。いわゆる胸騒ぎというやつだ。

しかし、そんな胸騒ぎが気のせいに思えるほど、亜希子は切羽詰まっていた。今、自分は、とんでもないハザード状態にあるのだ。自分だけではどうにも手に負えない。誰かの助けが欲しい。誰か、助けて！

「薬王寺さん、大変なのよ！　ネットに、三鷹の部屋の画像がアップされているの！　しかも、掃除前の画像よ！　ゴミ部屋だった頃の！　ジョージさんはただの悪戯だって言うけど……ジョージさんというのは私を担当してくれている美容師さんなんだけど、……ああ、知っているわよね、だって、あなたが紹介してくれたんだもの。そのジョージさんは、ねつ造だって言うんだけど、違うのよ。正真正銘、私の部屋なのよ！　間違いないわ！　どうしよう？　おしまいよ、私、もうおしまい。私の今までのキャリアもイメージも、あの部屋のせいで粉々だわ！　ジョージさんだってドン引きしていたもの。こんなゴミ部屋、見たことないって、まるで、夢の島だって。今の夢の島じゃなくて、昭和四十年代頃の夢の島よ、ゴミの山ってことよ！」

亜希子は、ゼエゼエと息も絶え絶えに、スマートフォンを握り直した。

「ええ、そうよ、私は二ヵ月後にはいなくなる身よ。だからこそ、こんなスキャンダルは困るのよ！『お掃除コンシェルジュ』という美しいイメージのまま、この世を去るつもりだったのに。だから癌のことだって公表しなかったし、余命を宣告されたことだって黙っていたのよ。美しく散るためよ！　ジタバタすることなく、スマートに逝きたかったのよ！　みっともない真似はしたくなかったのよ！　本当は、みんなに言いふらしたかったわよ、私、癌なの、数ヵ月後には死ぬのよ！　って。でも、そんなことをしたら、みんなの同情と関心が一斉に集まって、有終の美なんか飾れないもの。そうよ、私、有終の美を飾りたかったのよ。みんなが羨むような、美しい最期よ！　バカバカしいって思っているんでしょう？　でもね、余命を宣告されたのよ？　命を限定されてしまったの。その絶望と孤独が、あなたに分かる？　バカバカしいことでも真剣に取り組んで気を紛らわさないと、それこそ、頭がおかしくなりそうなのよ！　だって、命のカウントダウンを告げる鐘がいつでもどんなときでも、カンカンカンカンって鳴り響いているんだから！　早く死ね、早く死んじまえってね。……そうなると、なにか抗いたくもなるじゃない。……そうよ、私は負けず嫌いの女なのよ、なにしろ、辰年だからね！　辰年の女は、運命に身を任せるだけの人生には耐えられないのよ！」

力みすぎたのか、鼻から力が抜けていく感覚に襲われて、亜希子は深く息を吸い込んだ。そして、再び、一気に吐き出した。

「……そうよ。この性格が災いして、私の人生、ろくなもんじゃなかった。だからこそ、最期ぐらいは、格好つけたかったのよ。『いろいろあったけど、私の人生、まあよかったんじゃない？』って感じで、格好つけたかったのよ。痛みで顔が歪んでも『たいしたことないわよ、こんなの』って涼しく笑っていたかったのよ。そして、私が無事、息を引き取ったら、『いろいろと癖があった人だけど、素敵な最期だったわよね』って、みんなに言われたかったのよ。くだらない見栄だって言うんでしょう？　見栄のどこが悪いの？　格好つけるのは愚かなこと？　私はそうは思わない。なんでもかんでも本音を曝《さら》け出して、ありのままの姿を晒すほうが、私には愚かなことだと思うわ。だって、人間、素っ裸では生きられないのよ。猿じゃないんだから！　ううん、猿だって、本音だけで生きてないわよ、いろいろと取り繕って生きているものよ！」

……と、またしてもくらっと眩暈《めまい》を感じ、亜希子は一旦、言葉を止めた。

……というか、なんで、私、猿の話なんてしているのよ！

三鷹の部屋の話をしなくちゃ。

あの部屋は自分にとって一番の恥部……そう、性器のようなもので、なにがなんでも隠しておきたい部分だったのに。なのに、スカートの中を盗撮する痴漢のように、あの部屋を撮った破廉恥《はれんち》な人物がいる。しかも、それをネットに流した。これほどの辱《はずかし》めがあるだろうか？　このままでは、死ぬに死ねない。

「いったい、誰が？　誰が、あんな画像を――」

撮ったというのだろう？

亜希子は一旦電話を切ると、再びインターネットの検索サイトを立ち上げた。

『人気お掃除コンシェルジュ、海老名亜希子の呆れた正体』

その見出しは、ニュースサイトのトップに表示されている。ということは、個人の誰かが悪戯でアップしたものではなくて、どこぞのメディアが公式の記事として上げたものなのだ。

亜希子は、恐る恐る、その見出しを再びクリックした。

「週刊トドロキ？」

ここでまた、亜希子の体はフリーズする。その様は銀座の街並みには不似合いで、すれ違う人々が二度見するほどだった。

「週刊トドロキ！　轟書房じゃない！」

＋

「牛島君、いったい、どういうこと？」

亜希子は、つとめて冷静に声を絞り出した。が、スマートフォンを握りしめるその手は汗でじっとりと濡れている。手だけではない。全身から汗が面白いように噴き出している。たぶん、病気の症状のひとつなのだろう。突然激しい動悸がやってきて、普通の呼吸だけでは間に合わないとばかりに、全身の毛穴という毛穴が全開になるのだ。が、今は、病気のせいだけではない。まさに、怒りだ。怒りが、亜希子の全身から噴き出している形だ。

「ああ、海老名先生」

牛島は、悪戯が見つかった子供のように、しどろもどろに言葉を濁した。そして、こんな言い訳をした。

「……部署が違うんですよ」

「部署が違う？」

「はい。うちの部署とはまったく違いまして」

「でも、同じ会社じゃない！」

「そうですけど。……週刊トドロキのゴシップ記事は、編集プロダクションが手がけているものでして」

「でも、責任者は、轟書房にいるんでしょう？」

「ええ、まあ、それはそうですが……」

「なら、どうして、記事になる前になんとかできなかったの？」

「いえ、ですから、まったくコミュニケーションがないんですよ、週刊トドロキとは。だから、僕も、今日ようやく記事のことを知った次第で――」

「でも、同じ会社じゃない！」

「そうですけど――」

まさに、ループ。これでは埒《らち》が明かない。亜希子は、大きなため息を吐き出すと、若干、声を和らげた。

「じゃ、話を変える。ネタ元は誰なの？」

「ですから、部署が違いまして……」

「本当に、知らないの？」

「本当に、知らないんですよ。……っていうか、先生のほうが、心当たりあるんじゃないんですか？」

「え？　どうして？」

「だって、あれは隠し撮りをしたものではないですよ。部屋に入って堂々と撮影したものです。つまり、プライベート写真が流出した、と考えるほうが普通かと」

「プライベート？　流出？」

「最近、多いんですよ。自らの過失でプライベート画像が流出して、それが記事になるってことが。昔と違って、こちらがわざわざ盗撮や隠し撮りをするまでもなく、あちらからプライベート写真が流れてくるんです」

「つまり、どういうこと？」

「先生、身に覚えないんですか？」

「全然」

「……っていうか！」牛島は、今更ながらに声を上げた。「あの画像、本当に先生の部屋だったんですね！　僕、てっきり、なにかの間違いだと思ってました」

「間違い？」

そう聞き返したとき、ふと、自身の指が視界に入った。

……あ、私の指、こんなに荒れている。

あれ？　ちょっと待って。前にもこれと同じことが。……デジャブ？

「先生？　……どうしました、先生？」

耳の奥で、牛島の声が鳴り響く。が、亜希子は、ぼんやりと指を眺め続けた。

そうだ。ネイルサロンに行かなくちゃ。

＋

「……どうしました？　大丈夫ですか？」

そう声をかけられて、亜希子は頭をもたげた。

むせかえるようなラベンダーの香り。

えっと。ここはどこだったかしら？

「海老名様、お疲れのようですね」

そう言いながら亜希子の手の甲を優しく揉みほぐすのは、若い女性だった。……ネイルアーティストのシミズさんだ。

「ああ、ごめんなさい、あまりに気持ちがよくて」

ここに来ると毎回そうだ。つい、うたた寝してしまう。この椅子があまりに気持ちがいいのだ。まさに、人間をダメにする椅子。

「海老名様、眼鏡」

「え？」

「眼鏡、お預かりしますか？」

そういえば、先ほどから何か違和感があった。椅子の横に設置されている鏡を覗き込むと、見事に鼻眼鏡になっている。

新調したばかりで、お値段もそれなりにしたが、どうもフィットしない。ブリッジが鼻の付け根からずり落ちてしまう。しかも、あんなに視力検査をしたというのに、どうも度が合っていない。だからといって、それを素直に認めたくもない。認めてしまったら、それを買った自分を否定してしまうようで。

「ううん、大丈夫」

言ってはみたものの、こんな歳になっても意固地な自分が、少しおかしい。

「ラベンダーの香りね」

亜希子は、話題を変えてみた。

「ちょっと、強いですか？」

「うん、そうね。……なんか、変な夢を見ちゃった」

「ラベンダーの香りが原因で？　……そんな映画がありましたね。……小説だったでしょうか」

「両方よ。『時をかける少女』。主演の原田知世《はらだともよ》が本当に可愛くて。私、あの映画、三回も見ちゃった。一回目はお友達と行って、二回目は妹と行って。……三回目は誰と行ったかしら？　三回目は……」

＋

思い出した。

私、あの日、ネイルサロンに行ったんだった。

そう、去年の十一月十三日、歩道橋から転落したあの日。

「眼鏡、お替えになったんですね」

ネイルアーティストのシミズさんが、いつか見たような表情で言った。

「ええ、前の眼鏡は、なくしてしまったの」

「そうなんですか？　いつですか？」

「前に、ここに来たとき」

「いらしたのは、結構前ですよね。……確か、去年の十一月」

「去年の十一月……」

「いつもは、二週間に一度はいらしていただいていたのに。……ああ、爪もこんなに傷んで」

「……いろいろ、あったのよ」

「それで、あの日は、あれから警察に？」

「え？」

「だって、海老名様、おっしゃっていたじゃないですか。……狙われているって」

「私、……そんなこと、言った？」

「はい、おっしゃってました。ストーキングされているかもって。だから、これから警察に相談に行くんだって」

あ。

そういえば、そんなことを言ったかもしれない。

でも、あの日は歩道橋から転落してしまって、そんなことはすっかり忘れていた。

……忘れる？　そうだ、私、何か重要なことをすっぽり忘れてしまっている。たぶん、転落したときの影響だろう。頭は特に問題ないと、あの布施明似の医師は言っていたが、違う。私は、なにかとてつもなく大切な記憶を失っていたのだ！

「私、誰に狙われているって言っていた？」

「え？」

「……実は、私、あの日、歩道橋から転落してしまって。……記憶をなくしてしまったようなの。……といっても、ほとんどは覚えているんだけど、でも、ストーカーのことはまったく覚えていなくて」

「歩道橋から、転落？」

シミズさんの顔が強ばる。「……もしかして、そのストーカーのせいなんじゃ……」

「え？」

「だから、そのストーカーに突き落とされたんじゃないですか？」

「……実は、うちに、興信所の人が来たんです」

突き落とされた？

「興信所？」

「もちろん、海老名様のことは何も話してません。門前払いです。でも、興信所を使って、誰かが海老名様のことを嗅ぎ回っていることは確かです」

シミズさんの顔が、ますます強ばる。

「……警察に行かれたほうが。もしかして、まだ狙われているかもしれませんよ」

「……」

Chapter 7. 推理（２０１５年５月25日）

16

……港区南青山の32階建てマンションの敷地内で23日午後11時50分頃、お掃除コンシェルジュ・海老名亜希子さん（50）が倒れているのが見つかり、その後、死亡が確認された。南青山署はマンションから飛び降り自殺を図った可能性があるとみて調べている。

（都東新聞、２０１５年4月24日付）

「それにしてもね。……本当にお気の毒」

「ご存じでした？　海老名さん、癌だったんですって」

「え？　癌？」

「しかも末期癌で、余命を宣告されていたんだとか」

「まあ、そうなんですか。なら、どのみち、死ぬ運命……」

「それでも、殺されるのと病死じゃ、全然違いますけどね」

「殺される？　どういうことです？　海老名さん、自殺なんじゃないの？」

「まあ、私も聞いた話なんですけどね、……海老名さん、どうも殺害された可能性があるんだとか。解剖したんだそうよ」

「ああ、それで納得。だから、葬儀がこんな時期に。亡くなってから一ヵ月もかかるのはちょっと不自然だな……と思っていたんですよ」

「葬儀が遅くなったのは、それだけが理由ではないみたいよ」

「え？　どういうこと？　他にも、なにか理由が？」

「遺産相続」

「遺産相続？」

「そう。海老名さん、売れっ子だったから結構な遺産があるんだとか。本来なら、配偶者か子供が相続するんだろうけど、どちらもいらっしゃらないじゃない？　だから、遺族の間で揉めているみたいなのよ」

「配偶者も子供もいないなら、親が相続するんじゃない？」

「法的にはね。でも、私にも分けて！　っていう親戚が次々と現れて」

「まあ、それは、大変」

「そう、大変なのよ。揉めに揉めて、葬儀どころじゃなかったみたいですよ」

「重ね重ね、お気の毒ね……」


そんなひそひそ話があちらこちらから聞こえてくる。

お掃除コンシェルジュ海老名亜希子。これだけの有名人の葬儀なら、本来は、都心のもっと大きな斎場……例えば青山葬儀所《あおやまそうぎしょ》で行なわれるべきだ。なのに、横浜の、最寄りの駅から車で二十分もかかるような、こんな不便で小さな葬儀場。

自分のことのように胃が痛む。

グレース・トモコ・ロングワースこと平河智子は、鳩尾《みぞおち》をそっと撫でつけた。

17

「でも、もしかしたら、あれは私の葬儀だったかもしれないわ」

皇居を一望できるPホテルの一室。智子は、村上開新堂のクッキーをつまみ上げた。

「え？」

梅屋百貨店の薬王寺涼子が、マイセンのティーポットをそっとテーブルに置いた。その顔は、相変わらずのポーカーフェイス。

それを真似るわけではないが、智子もポーカーフェイスで続けた。

「だって、私も一時は余命を宣告されたんだもの。あのまま放っておいたら、私も今頃、死んでいたわ。そして、葬儀の場で陰口を叩かれていたんだろうな……って」

智子は、ポーカーフェイスのまま、クッキーの端をもったいつけて齧った。そしてそれをゆっくりと味わうと、やおら言葉をつないだ。

「あのとき。……癌を告知されたとき。その二択が提示されてね。なにもしないで命が尽きるのを待つか、それともありとあらゆる可能性を試すか。その二択が提示されてね。あれがドラマだったらちょっとしたパニックになるんでしょうけど、実際は違った。不思議と冷静だった。人間、リアルな死を前にすると、案外、静かになるものよ。悟りを得た修行僧の心境というか。諦めというか。ああ、とうとう終わりなんだな……という、なんともいえないカタルシスもあったわ。だから、私、何もしないでこのまま命が尽きるのを待つほうを選ぼうとしたのよ、海老名さんのように」

「……そうなんですか」

「でも、それをしなかったのは、家族がいたからね。このままなにもしなかったら、家族が可哀想だもの。きっと、家族に深い後悔を残してしまうって、そう思ったの。同じ死ぬ運命でも、〝闘病〟するのとしないのとでは、家族にとっては全然違うのよ」

「と、おっしゃいますと？」

「つまりね、〝闘病〟というのは本人のためにするんじゃない。家族のためにするものなのよ。これ以上ないってぐらい闘って死ねば、家族も悔いがないでしょう？　葬儀を出したあとは、気持ちも切り替えられるってものよ。でも、なにもしなかったら後悔が残ってしまう。気持ちもなかなか切り替えられない。しかも、世間にもとやかく言われるわ。……それじゃ、私だって、おちおち成仏できやしない」

「なるほど」

「だから、私は家族のために闘病することを選んだの。そして、一か八かの手術にも挑んだ。今思えば、大正解だった。名医にあたったおかげで、命拾いしたわ。でも、海老名さんは違う。闘病する必要がなかった。だって、家族がいなかったんだから。そこが海老名さんと私の大きな違い」

「海老名さんにも、ご家族はいらっしゃいますが……」

「はたして、あれが家族といえるのかしら？　葬儀中、ずっと揉めていたわよ、あの家族。聞いた話だと、海老名さんの元旦那さん、今は海老名さんの実の妹と結婚しているというじゃない。そうなると、家族というより仇《かたき》ね。まったく、こんなことは言いたくないけど、酷い葬儀だった」

「…………」

「あの海老名さんだもの、〝有終の美〟を飾るために終活だってしてたんだろうに。それが、この結果」

「有終の美……」

「海老名さんと私、かつて同じ職場で働いていたのは、前に話したわよね？　当時からの、彼女の口癖だったのよ。『私は、ユウシュウの美を飾るんだ』って。とはいっても、彼女、その本当の意味は知らずに、雰囲気で言っていただけなんだけど」

「と、おっしゃいますと？」

「海老名さんは〝有終の美〟を、――To make up one's mouth――最後に美味しいものを食べて食事を終える……つまり、終わりよければすべてよしっていう意味合いで使用していたの。……まあ、それも間違いではないんだけど、でも、これが試験だったら半分しか点数はとれない解答ね。完璧な解答ではない」

「では、完璧な正解とは？」

「どんな困難があっても最後まで立派にやり通す……これが正解。でも、かなり難しいことだけどね。初め有らざるなし、克《よ》く終わり有る鮮《すくな》し……ってところかしら」

「なるほど」

「なのに、海老名さんは、昔から形にこだわるところがあってね。会社を辞めるときもそうだった。有終の美を飾るとか言いながら、仕事は全部中途半端なまま放り出して、そのくせ、最後の日、虎屋の赤飯と羊羹《ようかん》の折り詰めが一人ずつ配られて。まるで、結婚式の引き出物のようだったわよ。彼女にとっては、それが有終の美だったんでしょうね。こっちから言わせれば、赤飯よりも仕事を片付けてから辞めてくれ……って感じだったけど。あのときは本当に大変だったんだから。海老名さん、引継ぎも中途半端だったから、クライアントからがんがんクレームが入ったものよ。離れていったクライアントもいた。これのどこが有終の美？　まったく、今思い出しても、イライラしちゃう」

「それは、大変でしたね」

「それからは、赤飯まで嫌いになっちゃったわよ。坊主憎けりゃ袈裟《けさ》まで……ってやつね」

「お気持ち、お察しします」

「そんな海老名さんのことだもの、それはそれは、盛大なお葬式をプランしていたんでしょうね」

「……さあ、どうでしょうか」

「なのに、実際にはあんなにひっそりと。しかも、家族は揉めているわ、弔問客はひそひそ話が止まらないわで、最低最悪の葬儀。彼女、草葉の陰で泣いているわよ」

「…………」

「でも、それでよかったと思う。どんなに立派なお葬式を出したとしても、その生き様がそれに見合ってなければ、かえって見苦しいことになっていたわ。だから、あの規模のお葬式で、正解だったのよ」

我ながら、なんて意地の悪い物言いかと思う。本当ならそんなこと、心では思っていても言葉にするものではない。が、この人を前にすると、どうしてか、心の言葉がそのまま口をついて出るのだ。

薬王寺涼子。

梅屋百貨店の凄腕外商ウーマン。

轟書房の担当編集者の紹介で、お世話になっている。

外商。世界に類を見ない日本独特のご用聞きシステム。英国でいえば執事にもあたるが、しかし、あくまで百貨店の営業に過ぎない。その仕事がどれほど親身でプライベートにまで及んだとしても百貨店の「営業」の一環にほかならないのだ。だから、心の底から気を許してはいけない。

……と、分かっていながら、なぜか彼女を前にすると、ありとあらゆるフィルターと鎧《よろい》がはがされて、本音が剝き出しになる。

海老名亜希子もそうだったのだろうか。

薬王寺涼子はそれを口にしたことはないが、彼女が海老名亜希子も担当していたことは、薄々知るところだ。轟書房の牛島が、なにかの席でぽろりと口を滑らせたのだ。先月のことだ。無論、薬王寺本人はそんなこと、おくびにも出さないが。

「海老名さんは、いったい、どんなプランを立てていたのかしら」

智子は、さりげなく鎌をかけてみた。

「さあ」

しかし、薬王寺涼子のポーカーフェイスは、なかなか崩れない。

「海老名さんのことだもの、間違いなく終活をしていたんだと思うのよ。有終の美を飾るためにね。……たとえば、マネージャーとか秘書とか、そんな立場の人に手伝ってもらいながら」

「そうですね」

「でも、海老名さんにはマネージャーも秘書もいなかったみたいなのよ、牛島君が言うには」

「そうなんですか」

「でも、それに代わる人はいたみたいなの」

薬王寺涼子のポーカーフェイスは、思った以上に強固だった。これ以上鎌をかけても無駄だと判断した智子は、話題を変えた。

「それにしても、海老名さん、つくづくお気の毒。いくら余命宣告されていたからといって、病気以外の理由で亡くなってしまうなんて。しかも、あんな形で」

海老名亜希子の訃報が入ったのは、四月二十三日の深夜のことだ。

轟書房の牛島から電話があった。

「…ご存知かもしれませんが、海老名亜希子先生が、亡くなりました」

それから半日ほど経って、ニュースにも流れた。

――お掃除コンシェルジュ海老名亜希子さんが自宅マンションから転落し、死亡が確認されました。

ちょうどその頃、海老名亜希子に関するスキャンダルが、ネットを騒がせていた。プライベート画像が流出したのだ。それはかつて住んでいた部屋の画像だが、お掃除コンシェルジュとして絶大な人気を誇っていた人物にとっては、リベンジポルノにも匹敵するスキャンダルだった。

なにしろ、その部屋の汚いこと！

いわゆる汚部屋だ。お掃除コンシェルジュにして片付けのプロの部屋にあるまじき、いや、ただの一般人の部屋だったとしてもかなりのイメージダウンにつながるような、凄まじい汚部屋だった。

だから、海老名亜希子が亡くなったと聞いて世間が真っ先に思った死因は、自殺だった。

スキャンダルを苦にして自ら命を絶った？

その推測をますます強くしたのは、海老名亜希子が余命を宣告されていたという事実だった。そう、彼女は末期癌だったのだ。智子がそれを知ったのは葬儀の場だ。葬儀という場は、実に恐ろしい。故人が必死で隠していた秘密が、ひそひそ話という形で次々と露わになる。

「ところで、平河様は、どうして、海老名様の葬儀に？」

秘密が漏れるきっかけは、他者のひそひそ話に限らない。本人がそれを曝け出すことも多い。語るに落ちる……というやつだ。

「どうして、海老名様の――」

薬王寺は、ようやく気がついたようだ。はっと唇の動きを止めた。

智子は、そのポーカーフェイスの綻びを見逃さなかった。

ティーカップを受け皿に置くと、さながら犯人を追いつめる探偵のように、腕を組んだ。

「あら、私が葬儀に行くのは、おかしい？」

「いえ、そういう意味では」

「そういう薬王寺さんは、どうして、葬儀にいらっしゃらなかったの？」

「え？」

薬王寺のポーカーフェイスが、ここでようやく崩れた。

「……どうしてとおっしゃいますと？」

言葉も、どこかしどろもどろだ。

智子は、このチャンスを逃すまいと畳み掛けた。

「海老名さんのことをご存じなのでは？」

「もちろん、有名な方なので」

「プライベートでは？」

「平河様、どうされたんですか？　まるで、探偵のようですね」

薬王寺は、ポーカーフェイスをどうにか取り戻そうと笑ってみせたが、やはり、それはどこかぎこちない。

智子は、組んだ腕を一旦解くと、再びクッキーをつまみ上げた。

「探偵？　……ええ、そうね。私、イギリスでは、ミセス・マープルとも呼ばれていたのよ」

「ミセス・マープル？」

「アガサ・クリスティーの、ミス・マープルはご存じ？」

「ええ、まあ、……ドラマを見たことはありますが。独身のおばあちゃん探偵が活躍するミステリーシリーズですよね」

「そう。本家のマープルは独身だったから〝ミス〟だけど、私は結婚しているから〝ミセス〟。お分かり？」

「……ええ、まあ、もちろん、分かりますが」

「つまり、私、探偵の真似事もしていたの、イギリスではね」

「探偵？」

「といっても、なにか事件が起きるとそれを私なりに推理してブログにアップしていただけなんだけど。それがことごとく当たってね。それで、名前が知られるようになって。つまり、私がスーパー主婦として有名になったのは、家事のおかげではないのよ。無論、家事関係のエッセイも多く書いているけれど、それだけでは名前は売れないわ。なにか、もうひと捻《ひね》りないとね。そう、それが私の場合、推理だったというわけ。まあ、日本では、女の推理なんてなかなか受けないから家事のスーパー主婦ってことで紹介されているけど、イギリスでは、むしろ、探偵の『ミセス・マープル』の側面のほうが人気なのよ」

「はぁ、そうでしたか」

心なしか、薬王寺の顔に冷笑が浮かぶ。

……バカにしているのか？　探偵の真似事だなんてくだらないって思っているのか？　ああ、これだから日本人はダメなのよ、探偵をフィクションの中だけで活躍する子供騙しだと思っているところがある。

智子は、勢いをつけてクッキーを噛み砕いた。

ここはひとつ、「ミセス・マープル」の威力を見せつけておかないと。

「いずれにしても、海老名さんの死は謎だらけね」

智子は、改めて腕を組んだ。

「謎？」

「マスコミには伏せているらしいけれど、どうやら海老名さん、殺害された可能性もあるんですって」

「そうなんですか？」

薬王寺のポーカーフェイスがすっかり戻っている。

智子は、負けじと声を張り上げた。

「葬儀場の隅で、そんなひそひそ話が飛び交っていたわ」

「噂ですか？」

「あら、噂というのはバカにできないものよ。火のないところには……と言うでしょう？」

「確かに」

「でね、私、いろいろと推理してみたのよ」

そして智子は、今か今かと出番を待っていたノートをここでようやくテーブルの上に載せた。

「これは、一見家計簿だけど、その実は……通称『マープルノート』」

「ほー、マープルノート」

薬王寺の顔に、またまた冷笑が浮かぶ。それは明らかに、小バカにしている顔だ。

智子は、百点の答案用紙を見せびらかす小学生さながら、ノートを開いてみせた。

そこには、びっしりと相関図が描かれている。言うまでもなく海老名亜希子の人間関係だ。可能な限り、調べ上げた。

「……といっても、興信所に助けてもらったんだけど。だって、体調が万全ではないんだもの、自分の足だけでは調べられないわ」

言わなくていいことまで言ってしまうのは、性格だ。この愚直なまでに正直な自分が、ときどき恨めしい。

「でも、最近の興信所は優秀ね。たった三日で、海老名さんとその人間関係を洗いざらい調べてくれたわ」

「……どうして、そこまで？」

「だって性格だから。私、イヤなのよ、〝謎〟ってやつが。そこに謎があったら、どんなことをしてでもお天道様のもとに引きずり出してしまわないと、落ち着かないのよ」

「なかなか趣のある性格でございますね……」

そんな戯言《ざれごと》を言いながらも、薬王寺の唇はチリチリと震えている。その頬も、心なしか青ざめている。そして額には細かい汗が次々と。

薬王寺は、その相関図に自分の名前を見つけたようだった。その目は、恐怖におののく猫のように、まん丸だ。

隠し事が暴かれたときの人間は、みな、同じ顔をする。

ああ、この瞬間がたまらなく快感なのだ。この顔を見ると、とてつもなく偉大なことをしている気分になる。

智子は意気揚々と、もう一枚クッキーをつまみ上げた。

18

「初夏よね。……まさに、日本の初夏」

平河智子は、ウインドウの外を見ながら、しみじみと呟いた。

Ｐホテルのラウンジ。先ほど、スコールのような雨が降ったがそれがまるでなにかの冗談のように、空は真っ青に晴れ上がっている。

「ロンドンとは、また違いますか？」

テーブルの向こうからそんなことを言ったのは、牛島宏哉《ひろや》。轟書房の編集者で、智子の担当だ。

「ええ、そうね。全然違うわ。ロンドンの空がDICのTC-05だとしたら、日本のそれはDIC-222ね」

「なるほど。ロンドンの夏の空は薄いシアンで、日本の夏の空は群青色……ということですね」

さすがは編集者。あえて色見本で喩えてみたが、ちゃんとそれに応えてみせた。さて、前置きはもういいだろう。

「ところで、あなたはご存じだったの？　海老名さんのこと」

智子は、いよいよ、本題に入った。

「え？」

牛島は、あからさまに動揺の表情を見せる。

「ええ、もちろん、存じ上げてますよ。僕、担当だったんですから」

牛島は、動揺を誤魔化すようにティーカップの縁で唇を塞いだ。

「違うわよ」智子は、ザクロのジュースを啜ると言った。「海老名さんのご病気、ご存じだったの？　って聞いているの」

「え？　……ああ、病気のことは、知りませんでした」

「担当だったのに？」

「ええ、まあ、そうなんですけれど」牛島は、ため息混じりで息を継ぐと、その唇に冷笑を浮かべた。「海老名先生はなんていうか……ちょっと取っつきにくいところがありましたから」

「取っつきにくい？」

「取っつきにくいというか、本音を漏らさないというか、他人を信用していないというか。だから、プライベートな話は全然」

「ぱっと見はパーソナルスペースも広そうな、明るいイメージなのにね」

「トモコ先生と海老名先生は、かつて、同僚だったんでしたっけ」

「海老名先生は、その頃はどんな感じだったんでしょうか？」

「そう。しかも、同期だったのよ」

「ケバケバチームだったわ」

「ケバケバチーム？」

「そう。とにかくお化粧がケバい人でね。仕事よりメイクやファッションを優先する、いわゆる腰掛け女子社員だった。適当に仕事をこなして、時期が来たら結婚して寿退《ことぶき》社するような感じだった。まあ、いい意味でも悪い意味でも、昭和のザ・女子社員だったわよ。……一時間ごとにお手洗いに行っては念入りにお化粧直しするのよ？　信じられる？　私、最初は『この人、頻尿なのかしら？』って同情したほどよ。でも違った。仕事中だって、しょっちゅう手鏡でメイクをチェックしていたし。仕事する気ナッシングだったわ。だから、彼女が日本でエッセイストとして名を上げていると聞いたとき、私、かなり驚いた」

そう、ロンドンにいたとき。かつての同僚からメールが来た。あの海老名さんが大成功をおさめていると。慌てて「海老名亜希子」を検索してみると、確かに彼女は有名人になっていた。……正直、嫉妬した。

その頃、智子はロンドンに住んでいたが、人の羨むような要素はひとつもなかった。日本留学の経験がある自称実業家の男性と一緒に住み、子供までもうけていたがその実態は事実婚で、日本的にいえば「内縁」関係だった。正式に結婚するにはいろんな障害を取り除かなければならず、そのひとつが彼が移民だったこと。そして一番の障害は彼には祖国に妻子があり、宗教的な理由から離婚は許されない……という点だった。……つまり、正確には〝事実婚〟ですらない。〝愛人〟関係だ。

そんな複雑な事情を知らされたのは子供が生まれてかなり経った頃で、そのときは別れることも視野に入れていたが、イギリスで玉の輿に乗ったと思い込んでいる実家の両親のことを思うとそれもできず、それどころか、幸せに暮らしている様子を日々写真に撮っては両親に送るという、小さな嘘をつき続けていた。はじめは手紙だったが、いつしかそれはネットのブログになり、それがきっかけで「スーパー主婦」などという称号をもらうことになったのだから、世の中分からない。まさに、瓢簞《ひょうたん》から駒。一度は崩壊寸前までいった関係が、今ではブログ通りの幸せなファミリーに生まれ変わった。もっとも、いまだ事実婚であることに変わりはないが。……そう、言ってみれば〝日陰の身〟。

その点では、海老名亜希子のほうが勝ち組だったのではないかと思うときがある。離婚したとはいえ、かつては正式に結婚していたのだから。〝バツイチ〟というのは、ある意味、立派な経歴なのだ。それを堂々とエッセイで公表できるほどに。一方、自分は。……身分的には〝愛人〟だ。それをあの海老名亜希子が知ったら。さぞや勝ち誇ったような表情でこう言うのだろう。

——お気の毒に。

思えば、彼女からは幾度となく、そんな言葉を投げかけられた。仕事でミスしたとき、意中の人にフラれたとき。「お気の毒にね」そんなことを言われるたびに、傷口に塩を塗りたくられたような気分になった。

「私ね、同じ会社で働いているとき、海老名さんとよく比較されていたのよ。……でも、全然勝てなかった」

智子は、笑みを浮かべながらも、ため息混じりで肩を竦《すく》めた。

「彼女がお化粧直ししている間も必死で仕事をしていたのに、私はしょっちゅうミスをしでかして。私がミスをするたびに、彼女の株が上がったものよ。だって、私のミスを見事に尻拭いしてくれたから。恋愛だってそう。当時、好きだった先輩営業マン。彼は、私のチロルチョコよりも、海老名さんのゴディバのチョコレートを選んだのよ」

「僕、チロルチョコ、大好きですけどね」

「私だって、大好きよ。あんなに美味しいチョコはないわ。この世で一番好きなチョコレートはなにか？　と訊かれたら、迷わずチロルチョコって答えるわ。……でも、世の中、やっぱり、見た目なのよ。見た目の華やかさに惹かれるものなのよ。特に、男性は」

「そうでしょうかね……」

「当時の私はあんまりパッとしてなくて、一方、海老名さんは華やかで。なのに、周りはいちいち比較するのよ。つまり、私は海老名さんの引き立て役だったってこと。比較されるたびに、私は卑屈になっていって。海老名さんがいなくなればいい……なんてことまで考えるようになって」

「………」

「でも、彼女のおかげで、今の私があるようなものだもの。今では、感謝しているわ」

「どういうことですか？」

「彼女がお掃除コンシェルジュとして成功したって話を風の便りで聞いて、なんだか、私も負けてられない！　って気分になってね。それまで細々と適当に続けていたブログを一新、本格的に情熱を注ぎ込んだわ。つまり、彼女がきっかけを与えてくれたのよ」

「そうだったんですか」

「彼女には複雑な思いを抱いてきたけれど、今思えば、私のいいライバルだったんだな……って。彼女がいたから、私はいつだって『負けるもんか』とやる気を出してきたわけだし。なのに、あんなことになって。……本当に残念だわ」

智子は、ふと、視線をウインドウの外に泳がせた。皇居の森が、眩《まぶ》しいばかりの淡い緑で覆われている。なんて、清々しいの。……なのに、私たちが話題にしている内容ときたら。

「海老名さん、……殺害されたかもしれないって噂があるの、知っている？」

「え？」

「葬儀の場でね、そんな噂話を聞いたんだけど。……ああ、そういえば、牛島君、葬儀場にいた？」

「ああ、その日、校了日だったんで。行けませんでした」

牛島は、マカロンをつまみ上げると子供のようにそれを口に放り込んだ。その表情には後ろめたさは少しも感じられない。

なんて、冷たいのかしら。編集者なんて、こんなものなのかしら。そういえば、誰かに聞いたことがある。編集者は、作家の家族の葬儀には熱心でも、作家本人の葬儀には冷淡であると。原稿を書くことができない故人にはもう用がないとばかりに。

だとしたら、今はこんなにちやほやしてくれる彼も、私の葬儀には出席してくれないのかもしれない。

「もちろん出席しますよ、トモコ先生の葬儀には。どんなに忙しくても、校了日でも」

「え？」心の中を読まれたのかと、どきっとして顔を上げると、

「あ、すみません。縁起でもないことを申しまして。つまり、作家による……という

ことです」

「どういうこと？」

「ですから、僕、海老名先生のこと、あんまり好きじゃなかったんです」

「そ、そうなの？」

「トモコ先生だって、苦手だったんですよね？」

「ええ、まあ、そうね」

「トモコ先生や僕だけじゃなくて、海老名先生は家族にも疎《うと》まれ夫にも捨てられた。結局のところ、人望がなかったんですよ。そりゃ、そうでしょうよ。なにしろあの人、人の都合なんかまったく考えずに、自分のペースだけで生きてきたような人ですから。まさに、暴君。独裁者。ひとでなし。あの人が通った道には、ぺんぺん草も生えないような有様です。殺害されたかもしれないって？　まあ、そうかもしれませんね。海老名先生には、敵も多かったから」

　人のいいおっとりとしたおぼっちゃまタイプの牛島の口から、こんな悪口が飛び出すとは。……というか、そこまで悪く言われるような人だったかしら？　そりゃ、確かに、面倒くさい人ではあったけれど。

「僕が知っているだけでも、五人はいますね、海老名先生の敵……というか先生を憎んでいた人は」言いながら、牛島は右手でパーを作った。その顔はさながら任侠《にんきょう》映画に出てくるチンピラだ。

「海老名さんを憎んでいた……ということは、海老名さんを殺害してもおかしくない人ってこと？」智子は、待ってましたとばかりに、身を乗り出した。

「ええ、そうです」

「誰？　誰が犯人なら、最も合理的？　……誰が犯人に相応しい？」

「まず一人目は、世良《せら》美奈子」

「セラ……ミナコ？」

智子は、通称〝マープルノート〟を、傍に置いたバーキンから取り出した。そして相関図が描かれたページを開くと、〝（旧姓）海老名美奈子〟という文字列に指を置いた。

「もしかして、海老名さんの妹さん？」

「そうです」

「でも、彼女は海老名さんの夫だった人――」言いながら、引き続き、〝世良洋輔〟という文字列に指を置いた。「この世良洋輔という人を、海老名さんから略奪したのは、妹の美奈子さんのほうでしょう？」

「そうです。そのことにより、美奈子さんは海老名先生に激しく憎まれてしまった。挙げ句、攻撃の対象になってしまった」

「攻撃？」

「ストーキングですよ」

「ストーキングって。ストーカーしてたってこと？　海老名さんが実の妹を？」

智子は慌ててペンを取り出すと、〝海老名亜希子〟と〝（旧姓）海老名美奈子〟の文字列の間に矢印を引くと、引き続き〝ストーカー〟という文字を加えた。

「それも巧妙に。ストーカーと認定できないグレーゾーンを狙って、延々と心理的プレッシャーを与えていたといいます」

「例えば？」

「例えば、美奈子さんのブログを逐一チェックしては、そのネタを自身のエッセイに絡めるんです」

「コラムストーキングってやつね」

「そうです。実害はないってことで問題視されることはあまりありませんが、それをやられた当人はかなりのダメージです。美奈子さん、ノイローゼになっていました。いつか攻撃が子供に及ぶんじゃないかと、随分と悩んでいました」

「同じ血を分けた姉妹なのに……」

「だからですよ。血縁であるほうが憎しみも倍増するものです。古今東西、怨恨による殺人は、大半は肉親または身内の間で行なわれる」

「まあ、確かにそうだけど。それにしても、美奈子さんのこと、随分と詳しいのね」

「ええ。だって、僕、美奈子さんの担当でもあるんで」

「え？」

「美奈子さん、翡翠賞に入選したんです」

「翡翠賞といったら、小説家の登竜門じゃない」

「はい。その入選作が書籍化されて、この六月に発売される予定だったんです。すごい作品ですよ。発売されたら、間違いなく話題になった。なにしろ、お掃除コンシェルジュとして有名な実の姉を、けちょんけちょんに貶《けな》した作品です。たぶん、姉に対する復讐《リベンジ》でしょうね。それだけでなく、祖父母の代にまで遡って、家族間の壮絶な怨念と確執を描ききった、まさに家族小説史に残る傑作です」

「発売されたの？」

「いいえ。校正紙《ゲラ》の朱入れをしている最中に、実の姉である海老名さんがあんなことになりましたので、それどころではなくなって」

「じゃ、ボツになったの？」

「実質、そうでしょうね。本人は、すっかりやる気をなくしてしまって、校正紙《ゲラ》も途中で投げ出してしまった。版元はカンカンですよ。僕だって、そのデビュー作が発売されたあとの第二弾を予定していたのに、今では連絡もとれなくなってしまいました。

一番、やっちゃいけないことです。こうなると、もう、どの版元も見向きもしないでしょうね」

「デビューする前に、干されたってことね」

「そうです。美奈子さんにしてみれば、姉の死でせっかくのチャンスを潰されてしまったようなものです」

「ちょっと待って」

智子は、ペンを持つ手を止めると、やおら視線を泳がせた。そして、独り言のように呟いた。

「だとしたら、海老名さんを殺害したのが美奈子さん……というのはちょっと無理があるわね」

「え？　どうしてです？」

「だって、そのデビュー作で美奈子さん、海老名さんに復讐しようとしたのよね？　殺害してしまったら、復讐にならないじゃない。本人がその作品を読んでダメージを受けることが一番の復讐なんだから」

「ああ、確かにそうですね。じゃ、美奈子さんは容疑者から外しましょうか」

言いながら、牛島はパーを作った右手を再び掲げると親指を折った。そして、人差し指をくいくいと動かしながら、

「美奈子さんの次に怪しいのは……」

と、声を潜めると、ある人物の名前を口にした。

「薬王寺涼子？」

智子も、鸚鵡返しでその人物の名前を口にした。

が、驚きはしなかった。〝マープルノート〟の相関図にも、実はその名前は早くから書き込まれていた。梅屋百貨店のトップ外商だ。

「薬王寺さん、海老名さんも担当していたの？」

本当はもう知るところだったが、あえて惚《とぼ》けてみる。

「ええ。僕が、海老名先生に紹介したんです」牛島は、さらに声を潜めた。「でも、失敗でした。薬王寺さんは、確かに優秀な敏腕外商ですが、売り上げのためならブラックなことをすることでも有名で」

「ブラック？」

「客のリクエストがあれば、違法なものまで調達しちゃうんですから」

「それって、運び屋じゃない」

「そうなんですよ。なんでも、弟が、こっちの世界の人のようで」

言いながら牛島は、左頬に左人差し指で傷を入れた。

「え、そうなの？」

「薬王寺さん、弟のことをとても可愛がってましてね。なんだかんだと、仕事を回してました」

「仕事って？」

「廃品回収です。僕も、実家から引っ越すときにお世話になりました。そのときは、そんなブラックな人物だということは知らなくて。……そうそう、聞いた話だと、海老名先生の部屋の廃品も、その弟に託したんだそうです」

「海老名さんの部屋って。……三鷹の？　あの汚部屋？　ネットに流れた？」

「そうです。あの汚部屋の画像も、多分、弟が撮影したんでしょうね。そして、ネットに流した……と。まったく、ひどいやつだ」

「なるほどね。でも、どうして？」智子は、好奇心で瞳を輝かせながら、身を乗り出した。「どうして、薬王寺さんの弟さんは、そんなことをしたの？」

「弟というより、薬王寺さん自身でしょうね」

「と、言うと？」

「ですから、薬王寺さん、恨みがあったんですよ、海老名先生に。……だから、ちょっとした復讐のつもりだったんでしょう」

「恨み？」

「薬王寺さんのこと、こき使ってましたからね、海老名先生。まさに『プラダを着た悪魔』のミランダ編集長。二十四時間、ちょっとした用事で電話しまくっていたみたいですから」

「実はね、私も彼女のこと、ちょっと疑っていたのよ」

智子は、〝マープルノート〟の相関図に記された〝薬王寺涼子〟という文字列にグリグリと下線を引いた。が、牛島は前言撤回とばかりに、言った。

「でも、殺害となるとまた話は別です。薬王寺さんはトップ外商ですから。こき使われたぐらいで、上客は殺さないでしょう。嫌がらせはしたとしても。だから、薬王寺さんの線はない……と」

そして牛島は、パーを作った右手を改めて掲げると親指に続き人差し指も折った。

これで容疑者は二人、消えた。

「あと三人」牛島は、中指、薬指、小指を蠢《うごめ》かしながら、芝居じみた声で言った。

「この三人の中で、僕が最も疑わしいと思う人物は……」

「誰？」

智子は、お菓子を欲しがる子供の表情で、身を乗り出した。

「あと、三人は誰？」

しかし、牛島はじらすように、再びマカロンを口に放り込んだ。その咀嚼《そしゃく》をイライラとしながら眺めていると、

「ナカバヤシミチコはご存じですか？」と、牛島。

「ナカバヤシ……中林路子《なかばやしみちこ》？」なんで、その名前が出てくるんだと、智子の背中にひんやりしたものが流れた。

「ええ、まあ……知っているけど」智子は、しどろもどろで応えた。「かつて、私の同僚だった人よ」

「そして、海老名先生の同僚でもあった？」

「ええ、そうよ。中林さんは、ケチケチチームだった人よ」

「ケチケチチーム？」

「海老名さんとは対極にあったランチ派閥のグループ。中林さんは、そのグループの中心人物だった人よ。……彼女がどうしたの？」

その問いに応えるかのように、牛島は改めて右手を掲げると中指をひくひくと蠢《うごめ》かした。

「つまり、三番目の容疑者ってこと？」智子は、恐る恐る、質問してみた。が、その答えを得る前に、「いや、まさか、そんなことがあるはずないわよ」と、小さく首を横に振った。

が、強く否定することはできなかった。心当たりは、ある。中林さんは、海老名さんのブログを逐一チェックし、その動向も追っていた。海老名さんの活躍を教えてくれたのは、まさに彼女だった。
『あのケバケバが、うまいことやっている』
そんなメールがあったのは、六年前だったか。智子がまだ、ロンドンで燻《くすぶ》っている
ときだ。
「トモコ先生は、中林路子とずっと連絡をとっていたんですか？　仲がよかったんで
すか？」
牛島の問いに、なんと答えていいか分からず、智子は「え……と」と言ったきり、
誤魔化すようにティーカップを口に運んだ。
仲がいい？　むしろ、悪かったほうだ。というか、同じ職場にいた頃はお互いにそ
の存在を無視していたというか。しかし、気がつくと、同期は智子と中林路子だけに
なっていた。後輩からは「チームオツボネ」などと渾名《あだな》され、こうなると、傷を舐《な》め
合うように自然と距離が縮むのが世の常だ。その後、先に智子が会社を辞めたのだが、
そのときに連絡先を交換したのをきっかけに、なんだかんだと交流を続けている。
……その中林さんが、海老名さんを殺害した？
「その可能性はあります」牛島は、くいっと顎を上げた。その眼差しは、まるでミス
テリードラマの刑事のそれだ。
その圧に押される形で、智子は〝マープルノート〟に〝中林路子〟の名前を付け加

えた。

……でも、なんで？　なんで、牛島は中林さんのことを知っているのだろう？

「だって、中林路子は、海老名先生の熱心な読者でしたから。ある意味、信者です」

「どういうこと？」

「毎日のように、編集部に手紙が送られてきてましたからね、海老名先生宛に。でも、その内容はかなりやばいものでしたので、海老名先生には渡しませんでしたが」

「編集部って、ファンレターの中身をチェックするものなの？」

「もちろん」

「どんな、内容だったの？」

が、牛島はその問いには答えず、

「でも、中林路子は、犯人ではないな。うん、容疑者からは外そう」と、ひとり頷くと、中指を折った。

これで、三人が容疑者から外された。残されたのは、薬指と小指。つまり、あと二人。

が、牛島は「この人も怪しいけれど……ないな」と、薬指をあっけなく折った。

「え、誰？」

「……いや、さすがに、この人はないです。なので、忘れてください」

「誰？」

が、牛島は智子の問いを無視して、

「そして、最後の容疑者は」と牛島は、軽快に小指をひくひくとさせた。

いや、小指にいく前に、薬指の人は誰なの？　智子は名残惜しそうに牛島の薬指を凝視したが、牛島は再び無視して、小指をぴーんと立てると言った。

「やっぱり、一番怪しいのは、迫田英理奈《さこたえりな》でしょうね」

「サコタ……エリナ？　誰？」

「海老名先生が通ってらした、ヘアーサロンのオーナーの奥さんです」

「どういうこと？」

「つまり、ヘアーサロンのオーナーの奥さんは、海老名先生と夫の間を疑っていて、それで、ストーカーのような真似をしていたというのです」

「ということは、海老名さん、……不倫してたの？」言いながら、智子は〝マープルノート〟に、〝サコタエリナ〟と書き込んだ。

「さあ、実際に不倫していたかどうかは分かりませんが。ただ、興信所のスタッフが、うちの編集部に来たことがありまして」

「興信所？」

「迫田英理奈が雇った興信所です。……間の抜けたスタッフでしてね、わざわざ、名刺まで置いていった。しかも、かなりおしゃべりなスタッフでして。依頼人の迫田英理奈のことまでペラペラと。……そのスタッフ曰《いわ》く、迫田英理奈が疑っている人は他にもいて、なんでも、ヘアーサロンの客全員を興信所を使って調べているっていうんですから、こうなると、もうビョーキですよ。……ちょっとしたノイローゼですね。……気の毒に。うちの母も――」が、牛島は突然口を閉ざした。そして、そっと、小指を折った。

「いずれにしても、海老名先生も怖がってました。誰かにストーキングされているって。……そんなとき、海老名先生が歩道橋から転落するという事件が起きましてね――」

「去年の十一月のことね」

「え?」牛島の下瞼がぴりっと反応した。

智子も、ドキッと身構えた。

「だって、海老名さんのエッセイかなにかで、そんなことが」

「ああ、確かに、そんな原稿をお書きになったと聞いたことがあります。でも、海老名先生のご判断で、結局はお蔵入りにしたとも聞きます」

「お蔵入り?」

「そのときは軽い怪我で済みましたので、海老名先生、その転落についてはどこにも公表してないはずなんですけど。……どうしてご存じなんですか？」

「……誰かに聞いたのよ」智子の顔中に汗が噴き出す。心拍数も一気に跳ね上がった。が、必死に取り繕うと、「ああ、そうそう、中林さんだったかしら。そうよ、中林さんよ。中林さん、なんでこのことを知っていたのかしら？　あ、もしかして、中林さんが突き落としたんじゃ？」

我ながら、なんとも乱暴な推理だ。

牛島の顔も、疑念の色に染まっている。そして、折ったはずの薬指を今更ながらにゆっくりと立てた。四番目の容疑者は、おまえだと言わんばかりに。

「ち、違うわよ、私じゃないわよ」

智子はつとめて冷静に言ったつもりだったが、その声は震えている。

相変わらず疑いの眼差しの牛島。

「やだ、なに？　本当に、私、なにも知らないわよ。そりゃ、確かに、去年の十一月、私、日本に帰っていたわよ。病院に行くためよ。世界的にも有名なスーパードクターが東京の病院にいるのよ。そのちょっと前に癌だってことが分かって。余命を宣告されたんだけど、私、闘うことにしたのよ。このままでは死ねないって。あの海老名さんに負けたまま死ぬわけにはいかないって。だから、藁《わら》にもすがる思いで、スーパードクターに会いに行ったのよ。だから、西新宿になんて行ってない！」

語るに落ちる。智子はそんな言葉を思い出した。

「……ええ、分かった。それは認める。去年の十一月のことは認めるわ。……あれは、事故だったのよ。私は、なにもやっていない。……そりゃ、近づいたわよ。海老名さんと話がしたかったから。どうしても言っておきたいことがあったから。でも、結局は、声をかける前にあの人が勝手に階段から足を踏み外したのよ。だから、私はまったく関係ない！」

「では、今回は、どうなんですか？　先月の二十三日は？　トモコ先生、海老名先生のところに行きましたよね？」

「今回？　……えぇ、確かに、先月の二十三日、海老名さんのところに行ったわ。……だって、呼び出されたからよ。……そうよ、お膳立てしたのは、牛島君、あなたじゃない！」

智子は、白旗を振りながらもまだどこかで抵抗を試みる一兵卒のごとく、声をあげた。「海老名さんが会いたいって。……ぜひ、ご馳走したいから……って、あなたが言うから！　だから、海老名さんの部屋に行ったのよ。……ええ、見事な料理が並んでいたわ。ワインもね。多分、薬王寺さんがセッティングしたんでしょうね。……そして昔話に花が咲いて、……酔いが回ったせいか、ちょっとした言い争いになって。……そのとき、海老名さんが逃げるようにベランダの窓を開けて。……そして、私が追いかけて。……だって、あの人、ひどいことばかり言うんだもの。ただの〝愛人〟のくせに……とか、そんなひどいことばかり。だから、……私。……でも、違うの、あれは、事故なのよ！　事故なのよ！」

　が、智子の訴えは軽くかわされ、牛島は裁判長よろしくこう言い放つのだった。

「……つまり。あなたが海老名先生を殺害した犯人ならば、最も合理的ですね。動機も殺害方法も。あなたが犯人に一番相応しい」

　ああ。この男は、初めからすべて分かっていたのだ。私が、他の誰かを犯人に仕立て上げようとしていたことを。罪をなすりつけようとしたことを。

　智子は、観念したかのように窓の外を見た。真っ黒な雲が猛スピードで空を覆っている。

　そして、DIC-222の青空が、あっという間にDIC-546に暗転した。

19

……西新宿署は、お掃除コンシェルジュ・海老名亜希子さんを殺害した容疑で、平河智子（51）を逮捕した。平河智子はグレース・トモコ・ロングワースという名でスーパー主婦として活躍していた。

「これで、よかったんでしょうか」

風がひとつ吹いて、百合《ゆり》の花粉がぱふっと舞う。牛島宏哉は、くしゃみが出そうになるのをこらえながら、言った。

「これで、よかったのよ」そう答えたのは、梅屋百貨店の薬王寺涼子。その手には、虎屋の赤飯が入った紙袋。

三鷹にある民間経営の霊園。薬王寺と牛島が手を合わせるのは、「海老名亜希子」と刻まれた墓石だった。

数珠《じゅず》を持つ牛島の手は震えている。あのときのことを思い出すたびに悪寒が走り、そして胃が悲鳴を上げる。

そう、海老名亜希子に呼び出されたのは、四月二十二日のことだった。いや、呼び出されたというのはちょっと違う。こちらがまず、連絡を入れた。

「実は、ちょっと気になる手紙が届きまして」

それは、中林路子と名乗る女からの手紙だった。これが初めてではない。実は、もう何十通も届いていた。初めは、海老名亜希子の熱心なファンだと思っていたが、違った。内容を確認すると、それはファンというよりアンチといったほうが正しく、こんな手紙を海老名亜希子本人に届けるわけにはいかないと、今までは編集部でとどめていた。

アンチからの手紙は多かった。海老名亜希子は人気もあったが、それ以上に敵も多かった。その理由はそのエッセイだ。海老名亜希子は、身近なところからネタをもってくることが多い。そして、実在の人物をそれと分かるように晒すことも多かった。が、中林路子の場合は、ちょっと違った。「海老名亜希子が、私のことを覚えていない」ことを根に持っていたようだ。あるエッセイで「名前も思い出せない」と書かれて、それがきっかけで脅迫まがいの手紙を送るようになったようだった。そんなバカバカしい理由で……。だから、彼女からの手紙は放置していたのだが。

その前日に届いた手紙は、ただごとではなかった。

「海老名亜希子の命が狙われています」という内容のものだった。

「……私は、海老名亜希子が大嫌いです。彼女のエッセイが大嫌いです。一方的な主観だけで、まるで自分だけが正義とばかりに書かれたあの文章が大嫌いです。でも、だからといって、殺人を見過ごすわけにはいきません。……海老名さんは、去年の十一月十三日に、歩道橋から転落していますよね？　もちろん、それは公表されていませんから、知っているのは一部の人間だけだと思います。なら、なぜ私が知っているのか？　それは、目撃したからです。平河智子という人物が、彼女を突き落としたのを。

平河さんと海老名さんは、かつて私の同僚でした。そして、平河さんは海老名さんのことをひどく憎んでいます。私以上に。が、平河さんは余命宣告されたそうです。癌だそうです。彼女は私に告白しました。『どうせ死ぬんなら、恨みを晴らしたい』と。それで、私、気になって。治療を受けるために来日した平河さんのあとをつけていたんです。平河さんもまた、海老名さんをつけていました。……そう、ストーキングしていたのです。

そして、去年の十一月十三日、平河さんは西新宿の歩道橋で、海老名さんを突き落としました。そのときは、幸いにも最悪なことにはなりませんでしたが、平河さんの殺意が尽きたとも思いません。その平河さんは、今、治療のために日本に戻ってきています。去年のようなことがまた起こるんじゃないかと心配で。どうか、このことを海老名さんにお伝えください。気をつけて……と。なぜ、こんな手紙を書くのか？　それは、私、海老名さん以上に平河さんのことが嫌いだからです。私のことを『ケチケチチーム』と罵り、挙げ句には、『泥棒』呼ばわりして、エッセイで晒したからです」

……この手紙が、結局、強力な証拠となり、平河智子は逮捕されたのだが。

「でも、これでよかったんでしょうか」牛島は、また繰り返した。その声は、ほとんど涙声だ。

……そう、中林路子の手紙が届いた翌日、牛島は海老名亜希子に呼び出される格好で、南青山にある自宅を訪ねた。

先客がいた。薬王寺涼子だ。薬王寺涼子は、村上開新堂のクッキー缶を傍らに、なぜか土下座していた。

「申し訳ありません、本当に申し訳ありません、弟がとんでもないことをしでかして――」

聞くと、薬王寺涼子の弟が、海老名亜希子の部屋を撮影したのだという。そう、あの汚部屋の画像を週刊誌に売ったのは、薬王寺涼子の弟だったのだ。その弟は廃品回収業者で、薬王寺涼子の口利きで海老名亜希子の三鷹の部屋を担当したらしいのだが、そのときに、遊び半分で部屋を撮影し、さらに遊ぶ金欲しさに、売ったのだという。

「本当に、本当に、今回の不祥事は、どんなことをしても償います！」

顧客のプライベートを流出させるという、外商が最もしてはいけないことをしてしまったのだ。外商という職にただならぬ誇りを持つ薬王寺涼子は、まさに切腹でもしそうな勢いだった。が、そんな薬王寺涼子を労《いたわ》るように、海老名亜希子は言った。

「もう、いいのよ、そのことは」そして、薬王寺涼子が持参したクッキー缶を拾い上げた。

「入手困難な村上開新堂のクッキー、これが間に合っただけで。……ありがとう」

「しかし、それでは、私の気が収まりません」

「なら、これまで以上に、力を貸してくれる？」

「それで、お許しいただけるなら」

「私の望みはひとつよ。有終の美を飾ること。分かる？」

「……と、おっしゃいますと？」薬王寺涼子が、鼻水だらけの顔を上げたところで、海老名亜希子はようやく牛島の存在に気がついた。

「で、牛島君。さっき電話で言っていた手紙は持ってきてくれた？」

言われて、牛島は慌てて、例の手紙を海老名亜希子に手渡した。

「なるほど」

手紙を読み終わると、海老名亜希子は肩を竦めながら、ため息をついた。

「まあ、私も嫌われたものよね」そして、「きっと、私がこのまま死ねば、みんな大喜びなんでしょうね。そして妹は作家デビューを果たして、これから先も私をネタにするんでしょうね」

「ああ、その妹さんのことなんですが、実は――」牛島は、蚊の鳴くような声で、言った。

「なに？」

「お母様が出版に反対しているらしいんです」

「なんで？　お母さん、あんなに喜んでいたのに」

「ところが、その小説、お母様のことも書かれているようで。病床のお舅さんに対して行なったいじめの数々が書かれているんだそうです。それ以外にも、……なんというか、かなりえげつないことが暴露されていて。……あれが発表されれば話題にはなりますが、ご家族のことを思うと」

「ああ、そうなの。……美奈子らしい」

海老名亜希子は、またもや肩を竦めた。

「あの子は、そういうところがあるのよ。私以上に、天然……というかお調子者なの。だから敵も作るのよ。今だって、ブログに明け透けなことを書いて、敵をいっぱい作っている。だから、私、あの子のブログのネタをあえて自分のコラムに絡めて諭していたんだけど。……伝わらなかったみたいね」

海老名亜希子は、クッキー缶を開けながら、続けた。

「あの子がこのままデビューしたら、あの子のことだもの、私以上に書くわよ。知人のこと、友人のこと、そして夫のことも両親のことも……子供のことも。人間関係がめちゃくちゃになっても家庭が崩壊しても書き続けるわよ、間違いなく。家族にとっては地獄よ。……私ね、今更こんなことを言ってもどうしようもないんだけど、元旦那……洋輔さんのことが本当に好きだったの。だから、幸せになってほしいのよ。琢磨……たっくんも、可愛い。複雑だけど、やっぱり、甥っ子は可愛いものよ。洋輔さんにどことなく似ているし」

そして、海老名亜希子は、クッキーを一つ、つまみ上げた。

「この間、たっくんのことを遠くからだけど実際に見てね。ああ、この子には幸せになってほしいって、そう心の底から思ったものよ。そして、私にできることはないかしら？　って考えたの。それは、美奈子のデビューを妨害すること。……ええ、分かっている。これはちょっとした嫉妬でもあるのよ。でもね、それ以上に美奈子のためでもある。あの子は、ブレーキがきかないところがあるから。あのままだと、あの子の人生は真っ暗闇。親しい人はみんな離れ、周りは敵ばかりの、まるで戦場のような人生」

海老名亜希子は、クッキーの端を遠慮がちに齧ると、呟くように言った。

「美奈子に、そんな人生、耐えられるはずがない。……私も耐えられなかった。だから、私――」そして海老名亜希子は、視線を上げると宣言するように言った。

「私は自殺します。……いいえ、殺されます」

「は?」「え?」牛島と薬王寺涼子の声が重なる。

「私は病気で死ぬのではなく、自分の意思で死にます。それが、私の有終の美。手伝ってくれるわよね?」

牛島は、わけが分からず、ただただ、追いつめられたネズミのようにくるくるとその場を回りながら言った。

「……意味がよく分からないんですが」

「簡単なことよ。平河智子と私が会う機会を作って。それだけでいい。あとは、私がする」

それから海老名亜希子は、恍惚とした表情でこうも言った。

「私が殺されたら、美奈子も小説どころじゃなくなるでしょう。……なにより、話題になると思うの。病気で死ぬより殺されたほうが……素敵じゃない?」

なるほど、これが海老名亜希子の「有終の美」。その恐ろしさに、薬王寺涼子も牛島も、震えるばかりだった。

「でも、まさか、本当に実行してしまうなんて」

牛島は、数珠を弄びながら、呟いた。

「悪い冗談だと思ったんです。海老名先生は、それまでも芝居掛かった冗談を言って楽しんでいたところがありましたから。……だから、僕、今回も冗談に付き合うつもりで、トモコ先生を海老名先生のお宅に。……これでよかったんでしょうか?」

「これで、よかったのよ」

薬王寺涼子は、数珠を握りしめながら、言った。

「あの時点で、海老名様は、もう死人も同然だった。あの瘦せ細った姿、あなただって見てられなかったでしょう?」

薬王寺の問いに、牛島はゆっくりと頷いた。

「はい。見ていられませんでした。まさに、生ける屍《しかばね》」

「なのに、海老名様は、病院に行くことも終末期医療も頑なに拒んで。……私、あの日、ホスピスをご紹介しようとしていたの。治療をしないと決めたとはいえ、やはり、緩和ケアは必要だと思って。痛みも苦しみもない、穏やかな最期を迎えてほしくて。……でも、海老名様にとって、そんな穏やかな死は必要なかったのよ。海老名様の望みは、名誉ある〝戦死〟。そう。あの方は、癌との闘いは放棄したけれど、人生という〝戦場〟からは最期まで逃げ出したくなかったんでしょうね。……負けず嫌いな方でしたから」

負けず嫌い……。まるで自分の母のようだと、牛島は咽を詰まらせた。

Chapter 8. ―真実（2017年2月3日）

20

轟書房文芸編集部。

その日、牛島宏哉を訪ねてきたのは世良美奈子だった。そう、海老名亜希子の妹だ。

牛島は、先ほど世良美奈子にもらった名刺をつくづくと見た。……それはいわゆる〝ママ名刺〟で、ママ友間でやりとりするものだ。なんだってこんなものを……。ただの間違いなのか、それともあえてなのか。いずれにしても、今の世良美奈子は正常ではない。

世良美奈子は言った。

「私、やっぱり、本を出したいんです。一度は家庭の事情で諦めましたが……やっぱり、『もったいないおばさん』を世に出したいんです！」

世良美奈子は切羽詰まった様子で、身を乗り出した。多分、出版社を回ってすべて断られたのだろう。

「……おやめになったほうがいいと思いますよ」牛島は、他の出版社の編集者も言ったであろう言葉を、自分も口にした。さらに、

「海老名先生だって、本を出したことで多くの敵を作ってしまったのです。ついには、殺されるという結果に」

「私は、殺されません！」

世良美奈子は食い下がった。

「……だって。母は去年、他界しました。父もとっくの昔に。そして姉はご存じの通り、今はもういません。つまり、『もったいないおばさん』を世に出して困る人間は、もういないということです」

「しかしですね……」

「私、この本を出さないことには死んでも死に切れません。……だって。姉は悲劇の文筆家としてその名を歴史に刻んだというのに、残された私たち家族は……。姉が、なんの遺言も残さなかったものだから、今まで見たことも聞いたこともない親戚がわんさか現れて、そのあとはお決まりの壮絶な遺産相続戦争。そのせいで母は死に、私と夫との間はこじれ、今は離婚調停中。……それでも結構な遺産をゲットしたんじゃ

ないかって？　ご冗談を！　ワケのわからない親戚たちにむしり取られ、私の取り分は、しみったれた日本画と、安っぽい人形、そして現金百五十万円だけ。その百五十万円がもとで、夫婦の間にも亀裂が入ったんです。踏んだり蹴ったりもいいところです！　……なのに、今年は、姉の人生が映画になるんでしょう？　きっと、姉の言い分だけを盛り込んだストーリーになるんでしょうね！　私は悪役で。冗談じゃない。これ以上、勝手な憶測で私を貶《おとし》めないでもらいたいわ」

そして、世良美奈子はきっと視線を上げると、前にも聞いたような愚痴を延々と吐き出した。

「とにかく、姉はとんでもない人だったんです。長女だという特権をとことん利用して、好きなように生きてきた人です。一方、私は、姉のお下がりばかり。私のために買われたものはほとんどありません。学校だってそうです。姉がわがまま言って地方の高校に進んだせいで、私が、母の願いを託された格好です。他に行きたい高校があったのに、姉のせいで……。大学だって。姉が地方の大学に進んだせいで、私は自宅から通える地元の大学を選ぶしかなくて。姉は海外留学もしたというのに、私は海外旅行にすら行ったことがなくて。

ああ、そうなんです。本当は、留学する予定だったんです。そんなとき、姉が、カード破産をしかけたんです。ブランドものを買いすぎて。で、父が肩代わりをしました。そのせいで、私の留学はご破算。そう。私の留学費用が、姉の借金返済に回されたんです！　それだけじゃ足りなくて、母はパートをはじめました。私もアルバイトで自分の学費を稼ぐ羽目になって。

なのにあの人は、自分が成功して高収入を得るようになっても、実家には一銭も入れようとしなかったんですからね。母が初めておねだりしたプラダのバッグも、結局は届きませんでした。母は、死ぬまで、そのことを悲しんでいましたよ。

しかもです。あの人、私のブログをいちいちチェックして、それを自分のエッセイで絡めてくるんです。まさに、ストーカーですよ！　粘着質のストーカー！　……その攻撃がいつか子供に及ぶんじゃないかと思うと、不安でたまらなかった。

……そして、一番許せないのは、洋輔さんのことです。言っておきますが。洋輔さんと初めに付き合っていたのは、私のほうですから！

そう、あれは……私が大学四年生の頃。仕事の飲み会で酔い潰れた姉を、洋輔さんが家に送り届けてくれたことがありました。そのとき、彼と私はお互い一目惚れしたのです。そして、隠れて付き合うようになったんですが。……それに横恋慕してきたのが、姉なんです！

姉のエッセイでは、まるで私が泥棒猫のような感じで書かれていますが。……逆なんです！　姉が、泥棒猫だったんです！

だから、どうしてもそのことだけは言っておかないといけないんです！　でないと、死んでも死に切れません！」

世良美奈子は、冤罪《えんざい》を主張する被告人のごとく、拳を振りかざした。

なるほど、彼女の言い分も分かる。が、……小説というのは復讐《リベンジ》であってはならないのだ。……確かに、復讐《リベンジ》小説はある種の下卑た好奇心をくすぐり、売れることもある。が、それが二作、三作と続くことはない。なぜなら、自身の欲求のために書かれた小説はあだ花に過ぎず、読者に飽きられるのも早いからだ。

小説は、どんなジャンルであったとしても、自分のためではなく、読者に向けて書かれなくてはならない。……これは、新人研修のときに先輩に言われた言葉だ。

が、世の中には、復讐《リベンジ》や承認欲求のためだけに書かれる自己満足な小説が多い。……世良美奈子が書いた『もったいないおばさん』もそのひとつだ。これはこれで面白いのだが、世良美奈子のためには封印するのが一番だろう。

でなければ、一生、復讐《リベンジ》をする羽目になる。そしてついには、復讐《リベンジ》という行為に、自分自身が飲み込まれてしまう。事実、こうやって、世良美奈子は同じ愚痴を繰り返し繰り返し吐き出している。この愚痴を聞くのはもう五回目だろうか。

ああ。この人は、もうすでに復讐《リベンジ》の底なし沼にハマってしまっているんだろうな。そして、その沼からは死ぬまで這い出すことができないのだろうな。牛島は、思った。

……まさに、自分の母のようだ。

21

遡ること、二〇一四年十一月十三日、木曜日。

牛島は、嫌な予感に苛《さいな》まれていた。十三日の木曜日。この日には決まって、母から電話があるからだ。

「ね、今日、私、死ぬかも」

この台詞は、それこそ耳にタコができるぐらい聞いている。

「だって。……今日は十三日の木曜日」

世間では、十三日の金曜日が〝不吉〟な日ということになっている。が、母にとっては、十三日の木曜日が〝不吉〟な日なのだ。

あとで聞いた話なのだが、母が幼稚園のときに事件があったそうだ。母の父……つまり自分にとって祖父にあたる人が債権者を殺害し、それをきっかけに一家離散したんだとか。その日がまさに、十三日の木曜日だった。

母と祖母はそのあと北海道の親戚に身を寄せたが、思い出したくもないような辛酸を舐めたのだという。精神に亀裂が入るほどの。

それでも母は苦学に苦学を重ね、名門大学に入学した。そこそこの容姿だったので、ミスキャンパスなんかにも選ばれたそうだ。言い寄る男も多く、その中に、牛島の父も含まれていた。父は見事、ミスキャンパスのハートを射抜き、めでたく結婚。

これもあとで聞いた話なのだが、結婚するとき母は、殺人犯である父の存在を知られないようにありとあらゆる工作をしたという。というのも、父方の祖父母が結婚には難色を示していて、嫁の疵《きず》を見つけてそれを理由に破談にさせようと必死だったからだ。……が、初孫が生まれてからはそんなこともなくなった。

少なくとも、〝あの日〟までは、牛島家は平穏で幸せだった。多少の嫁姑問題は抱えていたがそれは常識的な範囲で、毎年、孫の誕生日に家族写真を撮るぐらい、仲のいい家族関係が続いていた。

が、あの日。……そう、第一志望の轟書房の内定が出た日。それを直接知らせようと実家に戻った、あの日。

母は、一冊の本を握りしめていた。……文字通り、握りしめていたのだ。三百ページはあるという厚い本なのに。そのタイトルは、『男も部屋も整理整頓でハッピー人生』。そう、海老名亜希子の本だ。

「アキコだ」

母が、遠い目でそう呟いた。

母のあのときの表情は忘れられない。まさに、ゾンビ。生きているのか死んでいるのかも分からないような、まったく心の中が読めない薄気味悪さ。

「アキコって、……誰？」

牛島は、ただごとならぬ母の様子に怯えながらも、質問を繰り出した。

「アキコはね、……私の人生をめちゃくちゃにした人よ」

それから母は、何かに取り憑かれたようにそれまでの人生を吐露しはじめた。それらは初めて聞く話で、特に「祖父が殺人を犯して服役し、獄中で死亡」していたなんて！

たぶん、それは、父も知らない隠された真実だった。なのに、そのときの母は、まるで催眠術にかかったかのように次々と暴露していくのだった。……おそらく、母の中では、すでに秘密が飽和状態にあったのだろう。何かのきっかけで爆発してしまうほどに。そのきっかけというのが、まさに「アキコ」だったのだ。『男も部屋も整理整頓でハッピー人生』という本だったのだ。

その日から、母の奇行がはじまった。パソコンに張り付いては海老名亜希子のブログを逐一チェックし、あんなに隠していたはずの過去なのに古い知り合いに片っ端から連絡を入れて海老名亜希子のことを調べたり。まさに、ストーキング行為。母は、

息子にこんなことも依頼してきた。アキコを担当して、そして監視しなさい。私のことを
「あなた、編集者なんだから。あの女が書かないように」……と。

バカバカしいので一蹴したが、なんの因果か、牛島は海老名亜希子を担当することになった。……バカバカしいと思いながらも、海老名亜希子にそれとなく訊いてみた。

母のことを遠まわしに。……だが、海老名亜希子は母のことは一切覚えていなかった。

「安心してよ。海老名先生、お母さんのことはまったく覚えてないみたい」

そう言うと、母は複雑な表情をしてみせた。……自分のことを書かれる心配はなくなったというのに、母は、

「信じられない！」と暴れだした。

自分の人生を狂わせた張本人が自分のことをまったく覚えていなくて、さらに成功を収めている。その事実が、母のストーキング行為をますます増長させた。母にしてみれば、自分の父親のことを書かれる恐怖よりも、自分のことをすべてデリートされてしまった……という悔しさのほうが勝っていたのだろう。

それからは、母は壊れる一方だった。それと比例して、家族にもどんどん亀裂が入っていった。壊れていく母を直視できなかったのだろう、父は愛人の家に行ったきり戻ってこない。そうこうしているうちに、父が経営している会社も傾きだして。

一方、母のストーキング行為はとどまるところを知らず。三鷹のマンションの部屋まで突き止める始末。しかも、「鍵をなくした」とかなんとか住人を装い鍵屋にピッキングさせて、合鍵まで作らせる。そして、三鷹の部屋にたびたび忍び込むようになった。母が言うには、「こうやって忍び込むことにより、アキコの生活の一部を支配したことになる。そうすることで、自分の心のバランスを保っている」と。我が母ながら、怖かった。このまま放置していたら、必ず、何か事件が起こる……と。

そして、事件が起きた。

二〇一四年十一月十三日。母が行方不明になった。連絡がつかなくなったのだ。一緒に暮らしている祖母に訊くと、お昼前に「三鷹に行ってくる」と出かけたきりだという。時同じくして、海老名亜希子も西新宿の歩道橋から転落するという事故が起きる。

牛島は考えた。この二つの事件には、なにかしら関わりがあるんじゃないかと。が、当の海老名亜希子は、事故で頭を打ったのかそれともなにかのショックからなのか、ところどころ記憶を失っている。

そこで、薬王寺涼子を使うことにした。薬王寺涼子は、もともとは牛島家を担当していた外商だ。だから、快く引き受けてくれた。

「分かりました。なんとか、探ってみます」

そして、三鷹のマンションを片付ける……という名目で、母の痕跡を探ってもらったのだが。

牛島はこう考えている。母がいつものように三鷹のマンションの部屋に忍び込んでいたときに、海老名亜希子と鉢合わせしてしまったのではないかと。そして、なにかの拍子に、母は海老名亜希子に殺害されてしまったのではないかと。……そして、海老名亜希子は、母の遺体をなんらかの方法で処分した。そのときの異常心理が海老名亜希子を酩酊《めいてい》状態に陥らせ、ついには、歩道橋の階段から足を踏み外す……などという事故につながったのではないかと。

……これはあくまで推測で、証拠は結局、なにひとつ見つかっていない。あの薬王寺涼子をもってしても、証拠は見つけられなかった。

それでも、牛島はこう思わずにはいられない。

母は、海老名亜希子によって消されたのだと。

Ending

二〇一四年十一月十三日、木曜日。

その日の午前、ネイルの施術が予定より早く終わった。サロンを出ると、海老名亜希子は、放置していた三鷹の部屋に戻る気になった。

もう、半年は戻っていない。……そろそろ処分を考えなくては。このまま戻らずにいようかとも思っていたが、そうもいかない。このまま空き家のままにしておくわけにはいかない。売るなり、貸すなり。いずれにしても、このまま空き家のままにしておくわけにはいかない。なにより、昨夜、管理会社から連絡が来たのだ。

「お宅の部屋からなにか物音がする……と、苦情が来ている」と。

もしかして、ストーカー？　ここ最近、なにやらいやな気配がする。担当の牛島からも警告されたばかりだ。「読者から妙な手紙が届いていますので、気をつけてください。熱心な読者ほど、ストーカー行為に走るんです」と。それとも。

……まさか、洋輔さん？　洋輔さんが戻ってきているの？

そう思ったら、居ても立っても居られなくなった。その日の正午に原稿の締め切りを控えていたが、それを後回しにしてでも三鷹の部屋に戻ることを選択した。

だって、もしかしたら、洋輔さんが！

そんな期待を込めて、その日、亜希子は久しぶりにその部屋の前までやってきた。

鍵穴に鍵を差し込もうとしたときだった。

ガタリ。

部屋の中からそんな音が聞こえてきた。

しかも、鍵が開いていた。

「洋輔さん？　……いるの？」

声をかけてみるも、返事はない。

……気のせいか。

いや、でも。そしたら、なんで、鍵が開いていたの？

ガタリ。

やっぱり、なにか音がする。……誰か、いる？　そろそろと歩を進めたとき、後頭部に鈍い衝撃が走った。と、同時に、視界が暗転した。

白い手が浮いている。

誰？

しかし、返事はない。

白い両の手が、ゆっくりと、しかし明確な意志をもって、こちらに向かっている。

だから、誰？

相変わらず返事はなく、そして、その手はとうとう、亜希子の首をとらえた。

苦しい。……熱い。呼吸ができない。やめて、やめて、……早く、その手を離して！　今すぐに！

離して！

「……私のこと、……本当に覚えてないの？」

そんな声が聞こえたような気がした。

亜希子の意識が一気にクリアになる。

……なに？　私、どうしたの？

足元が、ひどく重たい。見ると――

「ひぃっ」

それを認めるやいなや、亜希子は小さな叫びをあげた。

人だ。人が……倒れている。

女だ。……知らない女だ。

誰？　なんで？　どうして？

そして、亜希子は今更ながらに気がついた。

死んでる。


……嘘。もしかして、私が突き飛ばしたから？　それで、打ち所が悪くて？

でも、この人が先に私の頭をなにかで殴ったのよ。しかも、私の頸《くび》を絞めたのよ。

そうよ、そもそも、この人が私の家に上がりこんでいたのがいけないのよ。いずれにしても。

こういうときは、警察？　それとも、救急車？

ダメ、そしたら、私、殺人犯になってしまう。

たとえ、正当防衛だったとしても。

私の人生、終わりだ。

いやよ、そんなの絶対いや。

そんなことになったら、みんなにこう言われるわ。

「お気の毒に」

そして、私のスキャンダルをつまみに、散々に悪口を言うのよ。

「せっかく成功したというのに。……驕《おご》れる人も久しからずね」って、笑うのよ。

それだけは、いや。

じゃ、どうする？

とりあえず、隠さなくちゃ。この死体を、どこかに。

……ああ、こういうときこそ、ネットね。……スマホ、スマホはどこ？　あった。

……「死体」「隠す」で検索。……あ、これだ。

……中国であった事件。スーツケースからミイラを発見。……娘を殺害した母親が、死体をスーツケースに詰め込んだ。そのとき、防虫剤の樟脳《しょうのう》も大量に詰め込んだために、死体は腐敗せずにミイラ化、そのせいで、事件は何年も露見することはなかった……とある。

なるほど、樟脳があれば、死体はミイラ化して、腐敗もしなければ、臭いも発生しないのね。

……これだ。

……確か、うちにもスーツケースがあったはず。海外旅行用に買った、バカでかいスーツケースが。樟脳も買ってこなくちゃ。歩いて五分ほどのところにドラッグストアがある。そこで樟脳を買って……。

……そのあとは？

……スーツケースに死体を隠したあとは、どうするの？

……ね、どうするの？

スーツケースを宅配業者に引き渡したあと、亜希子は、ハッと理性を取り戻した。

とにかく死体を遠ざけたくて、深く考えずに横浜の実家に送ってしまったけれど。

……これでいいんだろうか？

……運んでいる途中で死体だってバレたりしないかしら？

……無事に届いたとしても、あの好奇心旺盛な母が、スーツケースの中を開けたりしないかしら？

……それより、なにより。……私、人を殺してしまった。

……どんなに隠しても、隠しきれるものじゃない。

……どうしよう、どうしよう。……ね、洋輔さん、どうしたらいい？　私、どうしたらいい？

……洋輔さん、助けて！

気がつくと、亜希子は、西新宿の歩道橋の上にいた。

すぐそこのビルに、洋輔が働いているオフィスがある。

結婚前、この歩道橋でよく洋輔を待ち伏せしていたものだ。

……会いたい。

靴を一歩踏み出したとき、ふと、警察署の看板が目に入った。

と、そのとき。

爪に汚れを見つけた。……たぶん、あの死体をスーツケースに詰め込むとき、死体のどこかをえぐってしまったのだろう。

……どうしよう。

……なにをどうやっても取れない。

どうしよう!

神奈川県横浜市青葉区美しが丘六丁目の住宅に住む無職の世良美奈子さん（43）から、自宅の納戸に遺体らしきものがあると110番があった。北青葉署で調べたところ、納戸に置いてあったスーツケースの中からミイラ化した成人女性の遺体が見つかった。同署は、死体遺棄容疑で、世良美奈子さんから事情を聴いている。

（都東新聞　2017年11月13日付）

本書は、二〇一七年三月に小社より単行本として刊行した『カウントダウン』を加筆修正し、文庫化したものです。

この物語はフィクションです。作中に同一の名称があった場合でも、実在する人物・団体等とは一切関係ありません。

JASRAC 出 1700648-701

宝島社
文庫

カウントダウン
（かうんとだうん）

2020年6月18日　第1刷発行

著　者　真梨幸子
発行人　蓮見清一
発行所　株式会社 宝島社
〒102-8388　東京都千代田区一番町25番地
電話：営業 03(3234)4621／編集 03(3239)0599
https://tkj.jp
印刷・製本　中央精版印刷株式会社

First published 2017 by Takarajimasha, Inc.
ISBN 978-4-299-00498-7

「ひと駅ストーリー」「10分間ミステリー」シリーズから
身の毛もよだつ“怖い話”だけを厳選収録!
宝島社文庫
5分で凍る!
ぞっとする怖い話
『このミステリーがすごい!』編集部 編
怨恨、殺人、幽霊、愛憎、伝奇……
1話5分の超ショート・ストーリー傑作選
人気作家が大集合!
『このミス』大賞作家
乾 緑郎
柚月裕子
中山七里
桂 修司
伽古屋圭市
式田ティエン
佐藤青南
拓未 司
高山聖史
矢樹 純
堀内公太郎
新藤卓広
水原秀策
上甲宣之
山下貴光
日ラブ&エンタメ大賞作家
奈良美那
武田綾乃
『このラノ』大賞作家
藤八 景
深沢 仁
島津緒繰
定価:本体650円+税
全26話収録!
イラスト/456
「このミステリーがすごい!」大賞は、宝島社の主催する文学賞です(登録第4300532号)
好評発売中!